穿秋水

望

止微室談詩

秀實 著

詩人畫家張國治作品

【序甲】
甘党男児甲府詩

余境熹

遊日本，正逢甲府開府五百週年。因甘党男児Sweet&Bitter前往表演，我也自東京出發，驅車到山梨縣採風。演出場地是甲府駅北口廣場，場上豎立著武田信虎（TAKEDA Nobutora, 1494-1574）像。若是提到其子武田信玄（TAKEDA Shingen, 1521-73），甲斐之虎，風林火山，即使是外國客旅，只要稍稍接觸過日本戰國史，玩過《信長之野望》（*Nobunaga's Ambition*），也必然聽過這大名，絕不會陌生。

陌生的反而是我，人在異地，言語不通，我跟增子陸人（MASHIKO Rikuto）拍照時，說他在舞台上rap得精彩，一開始倒令他誤會rap為love，還是要靠手機的翻譯程式協助轉換。粉絲拿《偶像星願》（*IDOLiSH7*）的主要角色比附甘党男児成員，增子

陸人獲認證為「壓倒的三月」，意思是他予人的感覺完全就是和
泉三月（IZUMI Mitsuki）。《偶像星願》我挺熟的，因此很快便
掌握了增子陸人——りっくん的可愛屬性，情況猶如秀實以濟慈
（John Keats, 1795-1821）的「花」與「洞穴」駢比江沉的「月」和
「城」，以覃子豪（覃基，1912-63）類推紫凌兒從內陸到遇海的
心靈衝擊，以休斯（Ted Hughes, 1930-98）觀照李藏壁，以洛厄爾
（Amy Lowell, 1874-1925）〈秋霧〉（"Autumn Haze"）籠罩洪郁
芬俳句。讀者可以「望穿」初識的對象，靠的是中介者「秋水」連
綿的接引。

　　接引出入，有時是梭行於虛假與真實，如葉莎；有時是遊走
於意表與意內，如云影。世相紛紜，詩心萬千，秀實「秋水」，
試圖「望穿」。從同樣擁有一雙秋水之眼的白馬光稀（HAKUBA
Mitsuki）處，我則是得知了甘党男児遠征甲府之事。據白馬光稀
的推特貼文，這是組合的「初県外ライブ」，首次離開東京都獻
技。有趣的是，白馬光稀出身山梨，「初縣外」同時也是「歸省」
——「邊境即中央」，這是葉莎的詩題；「一半的故鄉與此鄉」，
這是洪郁芬的俳語。粉絲說白馬光稀像二階堂大和（NIKAIDO
Yamato），我覺得值得商榷。但東京和山梨適好構成不同的「二
階」，縣外和歸省倒又糅合而「大和」，參看秀實「第三者」的言
說，不知能否摩擦出更多詩意？

　　詩意有時需要機智，甘党男児的そうかりゅうじ（SOUKA Ryuji）是代表。他反應敏捷，三言兩語即帶動氣氛，如秀實論說中俳句的「切れ」，或阿桃歌「1／2／3／詩」轉折的驚喜。秀實謂華文俳句當省去標題，追求意境在言外，但宜保留「季語」，原因是：「這好比垂釣時的魚絲與魚鉤沉於茫茫煙水中，而水面卻浮蕩著一個顏色鮮艷的『魚漂』。讀者可從魚漂的飄動而判斷魚的上釣」，充分肯定季語具「標誌性」用途。そうかりゅうじ亦是團隊中鮮艷的存在，其高音令人讚賞，我在新宿Blaze初聽現場便難忘，恰如秀實形容的「上釣」。在甲府，そうかりゅうじ教我的拍照動作巧妙地幫我擋住了雙下巴，讓我的臉彷彿也有了俳句的「留白」、「簡約」。

　　簡約有點到即止的妙處，而恰當的延長也能帶來淋漓盡致的享受，好比《偶像星願》百（Momo）的短髮和千（Yuki）的長髮，各有其不可取代的風姿。以唐詩為例，白居易（772-846）〈長恨歌〉、李商隱（約813－約858）〈馬嵬〉雖云篇幅迥異，而秀實皆稱許不已。至於現代詩，就「長」的部分言，秀實曾舉出向明寫含羞草之作，說向明若是早早收結詩篇，則無以在觀照客體的植物後回視自身，詩的思想性也就局限而難登頂峰；秀實也肯定阿桃歌單句長行的書寫，認為其有助建構詩的四維度空間。我想到甘党男児在每次表演及合照時間結束後，成員均由隊長榊颯馬（SAKAKI

Souma）率領向支持者道謝，鄭重的尾聲讓我更增對這支謙遜團隊
的好感。

　　好感的持續，許多時需要靠注入變化。「生命在於運動」，五
百年的甲府與時並進，適好說明此點。表演者矢島正法（YAJIMA
Masanori）在推特貼出一組照片，記錄自己二十多年來的外貌改
變，可愛和帥氣路線各擁亮點；近日粉絲將他比喻為《偶像星
願》的六彌凪（ROKUYA Nagi），他主動回應，把配對改成九條天
（KUJO Tenn），產生不一樣聯想；假設來世做動物，他說要變身
白鼬……凡此種種，都讓「變」的話題和矢島正法緊緊聯在一起。
詩的任務也在於變，變的首要項目是化語文為藝術。秀實說：「語
文是尋求詞語客觀的準確，並抵達於目標（意）。詩歌語言（藝
術）即是豎立主觀的準確，並把真相呈現出來。」「矢」志不移、
「島」非流動、「正」居於常、「法」一而固，然唯有跳出語文客
觀的準確，「詩」才能與「非詩」判別開來。魚目混珠，逃不過秀
實「望穿」詩質的「秋水」。

　　秋水共長天一色，那麼詩人的道德情操要和作品表現一致
嗎？小林聖矢（KOBAYASHI Seiya）出演舞台劇《CHAIN～因緣の
連鎖～》，宣傳照的風格和他本人存著180度差異，這就如秀實所
說：「作品歸作品，詩人歸詩人。」小林聖矢忠於戲台上的角色，
即近似「詩人創作時，內心並不存有道德和非道德的想法，他處於

一個忠誠的思想狀態」，李藏壁寫烏頭魚也是一例。小林聖矢說要為角色鍛鍊腹肌，如果真成為宣傳照的樣子，那確實是將其引領到新境界了。秀實對詩的期許更高，他說：「詩歌本身有其獨立的藝術價值，而這些藝術價值將會引領人類的精神文明抵達一個更高的層次，超越道德的局限。」

局限一詞對元氣滿滿的安達未來（ADACHI Mirai）來說，只是用來打破的。他高大健碩，肌肉線條出眾，舞蹈有力，在甲府駅北口廣場的台上、台下使盡渾身解數，竟多少讓我聯想到著名的「武田二十四將」。這種硬實力，秀實《望穿秋水》亦從來不缺，諸如「第三者」的論說、余光中手稿年代考據、華文俳句各形式孰優孰劣、截句的理論和動機缺陷等，盡皆闡釋透闢，顯示出作者詩歌肌肉的發達，對微觀、宏觀的種種議題都有精準的掌握。屹立的詩論，屹立的大招牌安達未來，屹立的甲府城。

甲府城之行，同屬甘党男児Sweet&Bitter的廣瀨海人（HIROSE Kaito）和猪狩達也（IKARI Tatsuya）未克出席，彷若韶關少了惠喬、現代田園詩少了施維。朋友えむ除了推高音超有力量的石塚利彥（ISHIZUKA Toshihiko）外，也很喜歡廣瀨海人，後來介紹我在澀谷初次見到後者，可惜我沒足夠時間跟他合照，只好等待再會。秀實筆下也有對未來的期許，他盼望李藏壁續登高塔，盼望人們來研究馬覺長詩，盼望優秀的文本取代徒傷和氣的爭執，而讀者大可

盼望秀實在《為詩一辯》《畫龍逐鹿》《望穿秋水》後，再推出
「止微室談詩」的第四、第五等部；至於我，我盼望有心人閱讀秀
實的各篇詩論，為此豐碩的成果整理出體系，這當是極具價值的。

　　價值幾何呢？有人這樣問耶路撒冷，我也問古城甲府。往甲府
後，身是客的我方知當地不止有武田神社和武田氏館跡歷史館——
山梨縣立博物館正展出「甲州屋忠右衛門之冒險」，文學館開館三
十年，芥川龍之介（AKUTAGAWA Ryūnosuke, 1892-1927）〈水虎晚
歸之圖〉長懸其內，而飯田蛇笏（IIDA Dakotsu, 1885-1962）、樋口
一葉（HIGUCHI Ichiyō, 1872-96）也現身近代人物館，當地人文資
源堪稱無價。安達未來還提醒，甲府市有所成立百週年的動物園，
秀實要是逛一圈，不知會否吟出「孤寂如小熊貓」來？同樣地，到
新宿、到甲府現場，我方知甘党男児Sweet&Bitter的真人比網上片段
更加厲害，大開眼界；相識是緣份，拿起秀實這本《望穿秋水》的
朋友，也一定要深入其中，不宜徘徊寶山之外，空手歸去。

　　歸去東京，我收穫滿滿，別有意會。讀《望穿秋水》，諸君
亦何妨自有所得。秀實欣賞吳衛峰俳句：「爬格子／發情的貓走
過」。秀實養貓，且「孤寂如貓」；我不養貓，邊「爬格子」邊聽
〈NEKO CAKE!〉，尚能「發」掘出《望穿秋水》的「情」趣，何
況是比我更感性具足的讀者們呢？

　　讀者們問境熹：秀實望穿秋水，等你一篇小序，你給一篇遊

記、人物談，是不是跑題了呢？答曰：「詩人路雅以文字作連環相扣，其意即在『存乎一心』也。只要有了真相，世相萬物莫不周而復始。」萬物即一，這是秀實傳授予我的。俗世之交得在詩歌情緣之下，俗套之序得在詩心相契之下。與秀實大笑出門，復遊日本去！

二零二零年一月十一日　香港

【序乙】
正在觀書乙夜時

余境熹

　　秀實（梁新榮，1954－）繼《為詩一辯》（2016）、《畫龍逐鹿》（2017）後，不忍讀者望眼欲穿，復又推出「止微室談詩」的第三部《望穿秋水》，以饗愛詩之人。「望穿秋水」四字，既是移用自集內評洪郁芬一篇的題目，同時又確可恰當地形容秀實在此書的論說。

　　說是「望穿」，乃因秀實之論別具穿透力，單刀直入，不怕得罪人。例如臺灣力倡截句體裁，秀實暗則借陸志韋（1894-1970）探索新格律之事，反襯該體在詩學理論上之「迷失」；明言時，即指截句上攀近體律絕為附會，又稱截句「回歸庶民」、遷就現代人時間匆促的設計乃「文學向現實低頭的託辭」，詞鋒不可謂不銳利。在公忘私，秀實暫時與有所往來的白靈（莊祖煌，1951－）頡頏。

　　華文俳句有「五七五」「十字詩」「兩行式」等，近日年屆七十的邱各容（1949－）力推最前者，勢頭頗勁。唯秀實別有主張，引用正岡子規國際俳句獎評審委員川本皓嗣（KAWAMOTO Koji, 1939－）所言，指五七五音定型過於逼促，美學效果不彰；而秀實重視「切」的斷開及季語的標誌作用，謂華俳標題多餘，也有意無意地挑戰了五七五體的規範。

　　這樣的秀實，當然容易掃某些詩體主事者的興頭，但「孤寂如貓」的他特立獨行，相信自己論之有據，便不事虛飾。誠如〈抵抗世俗〉的訪談透露：秀實忠於詩，也忠於詩論，「熱烈如詩歌」，他人反應非所論也。

　　當然秀實並非只有「望穿」的批評，許多時他表現出「秋水」的柔情。他雖不太認同截句運動，卻能夠公允地評價葉莎（劉文媛，1959－）的《幻所幻截句》，肯定葉氏點到即止的美學追求，發掘其諸作遼遠的詩思。縱使對五七五華俳有保留，秀實還是秉持「理論辯之無益，文本成之有為」的看法，提出：「不強求統一，而主張各異的把最好的文本創作出來。然後在歷史進程中，優秀的文本自然決定了華俳的發展路向。」對不同志趣的詩之徑持開放態度。

　　「秋水」原是象徵眼睛，視物澄澈。秀實獨具慧眼，能夠辨識詩家傑作，自不待言，所選向明（董平，1928－）〈含羞草〉、葉

莎〈虛假即真實〉、洪郁芬俳句「一半的故鄉與此鄉／月陰」、紫凌兒〈海的距離〉等，俱屬佳構，能讓初識的讀者通過秀實評介，一窺美麗之豹斑，並進而有意「望穿」更多。

竈門炭治郎（KAMADO Tanjirou）嗅覺靈敏，乃至能嗅出敵人的「破綻之線」；「秋水」清澄的秀實，則可以洞見中外詩家詩作的聯繫，如約翰·濟慈（John Keats, 1795-1821）之於江沉、特德·休斯（Ted Hughes, 1930-98）之於李藏壁，比照而觀，互相聯繫，也予人「望穿」的透徹感。特別是路雅（龐繼民，1947－）《隨緣詩畫集》，內含與畫相配的詩二十五首，每篇尾行均為下一篇的首行，一般論者大概限於稱許其形式別緻，唯秀實能借鑑蘇軾（1037-1101）〈虔州八境圖序〉，指出：「以文字作連環相扣，其意即在『存乎一心』也。只要有了真相，世相萬物莫不周而復始」，把形式之巧妙提升至思想內蘊之精深，秀實確乎是「望穿」文本表象的解人。

《莊子·秋水》有「夔憐蚿，蚿憐蛇，蛇憐風，風憐目，目憐心」的寓言，說一條腿的夔羨慕多腳的蚿，蚿卻羨慕無足的蛇，而蛇羨慕風，風羨慕眼，眼羨慕心，可其實夔、蚿、蛇、風等各具獨特之性。秀實的「秋水」一樣「望穿」眾詩人各擅勝場之處，如特別重視施維的現代田園詩、馬覺（曹殷，1943-2018）的長詩、江沉的時事書寫等，揭櫫了諸家不易取代的詩國貢獻，實際上應能予後

續研究者莫大的亮光。

　　清聖祖（愛新覺羅玄燁，1654-1722，1661-1722在位）〈途間紀事〉有句云：「馬飲無須窟，人嘗止用杯。」飲河的鼹鼠不必竭澤，卻能滿腹，恰如秀實以精準的選詩及篇幅不長的詩論「望穿」眾相，飽饗讀者。劉禹錫（772-842）懷白居易（772-846），吟出「月高微暈散」，筆下夜月如練，秋晚遂晴，也適於形容秀實極具穿透力的見解，能驅散迷茫，光華瀉地。「人嘗**止**用杯」「月高**微**暈散」，止微室中，餘下的，便當是讀者的回應，試覓「梁書**室**臥蛟」。

　　秀實在《望穿秋水》已提及文本的開放性，如析說洪郁芬「無為即有為／秋水」，明知哲學性的解釋亦無不可，他卻另闢蹊徑，將秋水「假設為一場雨」，賦予新詮。積極參與的讀者不妨據《望穿秋水》所選好詩，發揮想像，與秀實及眾多詩家對話，如葉莎〈深井即昨日〉〈遙望即思量〉〈蟬聲即孤魂〉等，便都是容許一再詮釋的「可寫文本」。

　　起碼，希望讀者留意、「望穿」秀實字裡行間的情意。在〈余光中的一份手稿〉開頭，秀實敘述了兩種對斑鳩的看法，一是成語中負面的「鵲巢鳩占」，二是《聖經》以斑鳩代表之「神的約定」。兩種觀點，對應文人圈子中有人不喜余光中（1928-2017），有人卻認為余氏祭酒詩壇，儼如繆斯神之使者，評價兩極，紛紛紜

紜。文章結尾，秀實添一筆曰：「窗外天陰雲低，那雙斑鳩已不知所終」，暗寓的乃是余氏自有高蹈的境界，俗世譭譽無何有，人之愛憎非所顧，而這亦對應秀實〈高雄訪余光中及其餘〉的末段：「巍巍乎高山，那些流言蜚語也將消逝於西子灣的夕陽晚風中。」余光中仍在世時，秀實就曾寫〈背山——致大詩人余光中〉謂：「無詬無譽的國度在欄柵之中／因為所有的恆久都是空澄於內而紛擾於外」，可為佐證。

秀實說：「優秀的詩篇總是不囿於實景而劍有所指，或內戳於心，或外裁不平。」所以，倒不要以為秀實《望穿秋水》只有如實論說。書中種種感性象徵，有秀實詩筆裡一向追求的「主觀的準確」，室中臥蛟，尚待讀者「望穿」。

胡言作序，魚目混珠，《莊子‧秋水》曰：「吾長見笑於大方之家。」

二零二零年一月十一日　與木村ともやBluetooth斷線

目次

【臺灣篇】

詩人畫家張國治作品

截句的一種嶄新模式
讀葉莎《幻所幻截句》

　　時序邁進七月，宣告一年江山已去半壁。餘下的半截，倍感倉卒。昨日收到詩人趙思運自山東寄來的《詩人陸志韋研究及其詩作考證》。思運在網上說，志韋所有的詩作，我這書都收集齊全了。陸志韋是留學美國的心理學家。回國後專攻語言學。朱自清有這樣的話：「第一個有意實驗種種體制，想創新格律的（詩人）。」（見《中國新文學大系·詩集》導言）。時維1936年。我要說的是，新詩對格律形式的追求，是新詩研究者老生常談的話題。而前人的研究恐怕較之我們更為深入到位。陸志韋對詩的語言如此說：「詩的美必須超乎尋常語言美之上，必經一番鍛鍊的工夫。」對音樂性如此說：「捨平仄而采抑揚」「押韻不是可怕是罪惡」。在新詩創作上，陸志韋無疑是個聰明人。他一直不曾迷失。

　　創作截句也是對詩歌形式的追求。可它背後的詩學理論極其薄弱。個人認為，堅持截句最大的理由不應放在學理上，而應在創作

上。那是詩人在其創作追求上的一種喜好。把這種喜好分享出去，希望他人也愛上截句，如此而已。現時從學理上尋找對這種詩歌形式的支持，是底氣不足。如果沾上唐人絕句（截句）與律詩的關係，更為附會牽強。這較之我前面所引陸志韋的大有不如。1936年陸志韋推出《雜樣的五拍詩》，收錄了23首他對詩歌形式上的嘗試成果。五拍詩每首均六行。每行均五拍。這是一種兼有學理與實踐的嘗試。東坡在〈石鐘山記〉說：「古之人不余欺也」。信焉。

葉莎在截句上正是一個實踐者。理論辯之無益，文本成之有為。其詩集名為《幻所幻截句》，裁為四輯：邊境即中央，流水即高山，有知即無知，知此即知彼。這一連串名字都是我所喜愛的。也標明了詩歌的精神內蘊在哲思之上。詩人通過某些事物的描述，悟出某些存在的哲理。幻其所幻，真幻難分，萬物皆如此。其情況就如同莊周夢蝶與蝶夢莊周。此為全書之基調。但我要指出的是，葉莎在相當局限的條件底下，為截句創造出一種嶄新的寫作模式來。

四輯55首詩作中，出現「A即B」的詩題模式，佔了33首，都收錄在第一和第四輯裡。很明顯的，四行的內容則是對詩題的詮釋。這是葉莎為截句獨創出一種嶄新的寫作模式。詩句的詮釋，又出現兩種不同的書寫方法。一是全然的詮釋，一是先詮釋而後箋注。現擇五篇略為解說。

〈邊境即中央〉

　　被丟棄到邊境的思想
　　成為荒涼的中央
　　孤寂和孤寂互相摩擦
　　野草和蟲子將瞳孔占滿

　　首兩句解釋了為何邊境即中央。那指的是一個人的思想。邊緣思想如果在現實中無人和應，即會逐漸收攏，最終成為個人的中心思想。詩人細致思考，指出存在的某一狀況。末兩句添加箋注。如此那人只剩下孤寂，而這種孤寂極其嚴重，他眼中只看到代表執著的野草和附在其中的蟲豸。

〈深井即昨日〉

　　深井中幾聲蛙鳴
　　撞過來撞過去
　　躲在近處聽，黑一一破碎
　　那些生之昨日、昨日的昨日

　　媒介是蛙聲。詩人坐在井床上，黑夜降臨，思考遠逝的日子。深井在黑夜中，是一個無盡空間。詩人對昨日茫然，可以憑藉的惟有蛙聲。深井在詩中經詩人的述說成了意象。深井又令人想及「投井」一事。那是劍指未來。相對於「昨日的昨日」，時間在短短的篇幅裡，遂有了無窮的擴張。四句完整地詮釋了昨日的意義，那即一口晦暗的深井。

〈遙望即思量〉

　　紅磚不知堆疊已被推疊
　　野草不識春風已被春風
　　我坐在簷下聽雨
　　雨不識我，我不識雨

　　東漢王粲〈登樓賦〉有「登茲樓以四望兮，聊暇日以銷憂」。詩人登高望遠而心有懷抱，實為常情。此詩推陳出新，如此書寫，精采絕倫。首兩句寫物，末兩句寫我。往往使人產生「物我兩忘」的誤讀。詩的真意卻在「不以物喜，不以己悲」。首句寫登高，次句寫時節，三句寫天氣，末句寫我。完整地詮釋了登高自傷之意。末句悲愴，是一種與世隔絕，時宜不合的窮途之悲。

〈蟬聲即孤魂〉

從這牆穿越那牆
種種障礙不過虛設
坐著已是蟬聲
獨自荒蕪獨自夏

　　首二句詮釋了詩題，土牆阻隔不了夏日蟬聒。既阻隔不了，聲音則猶如在空曠中迴蕩。那是為孤魂的現身鋪路。末二句作出箋注，詩人眼裡有如此破敗的夏日風光，乃頓覺形體消失，空間惟聲音佔領。寥寥幾筆，寫絕了蒼涼孤寂。

〈虛假即真實〉

水裡的鳥，正猶豫要不要飛
岸邊的青草已在拍翅
你眼裡所見的真實盡是虛假
我說懊悔其實是不沒不悔。

　　詩寫一種真假難分的世相。從所見落筆。水泊中的鳥想飛而草

已因風而動，那是真實的風景嗎？因為那是倒影。其真相讓詩人疑惑著。因而有了第三句的白描。末句想及一生中懊悔的事，而此時詩人悟了，逝去如倒影，有何懊悔可言！詩點到為止。大陸詩人楊瑾主張「詩到意為止」。看來移用於僅有四行以內的截句，適合不過。

　　近日，臺灣詩壇忽爾刮起截句旋風。秀威出版社去年一次推出十餘本截句詩集。據聞今年再接再礪，會推出第二輯的截句詩叢。這實為震驚詩壇之事。這兩次截句旋風，葉莎均參與其中。可見她於截句的偏好。並以其強大的文本為這種詩體立下圖騰之柱！這較之窮究學理而墮於泥塗之士，實更勝一籌！

　　　　　　　　　　2018.7.9.凌晨3:00，將軍澳婕樓。

余光中的一份手稿

　　幾日前與詩人路雅相聚於其紙藝軒辦公室中，相互談詩，緬懷舊事。忽爾灰濛濛的天際外，飛來了兩隻珠頸斑鳩停在空調機的支架上。與我們隔一塊薄玻璃窗水平相望，彷彿參與了我們間的砍詩會。路雅說，不要管牠。牠每天都飛來。斑鳩為鳥，成語「鵲巢鳩佔」為人所熟知。但斑鳩的身影卻常出現在《聖經》中。詩篇74章19節中便有這樣的經文：「不要將你斑鳩的性命交給野獸，不要永遠忘記你困苦人的性命。」雅歌2章12節也有：「百花在地上出現了，修整葡萄的節候已經來到，斑鳩的聲音在我們境內也聽到了。」舊約裡，斑鳩代表神的約定。

　　我對路雅說，置放一兩盆植物於架上，好讓牠能築巢其間。偶聞「咕咕」其聲，便則優雅之詩篇也。忽爾路雅自桌下抽屜裡拿出一疊舊式原稿紙來，是五百格的金龍版。四邊破損者多，但基本保存完好。我一看字跡便說，乃詩人余光中之手稿。我小心翼翼把手稿拿著審視。那是三頁紙的〈選詩後記〉，用藍墨水筆書寫。我自

然地想及詩人那句「藍墨水的上游是汨羅江」的名言來。每頁的上方都用木顏色筆寫上紅色頁碼，首頁右上方標注「約2000字」。那應該是當時編輯所加上的。文末則署上日期「五月二十八日」，但年份不詳。

因之我向路雅問詢手稿的來由。大約四年前，路雅忽發宏願，說要編輯一套「香港十家詩」來。我們敲定十家為：羈魂，溫明，羅少文，羊城，馬覺，胡燕青，韓牧，蔡炎培，路雅和我。並由譚福基作序，又一山人設計。那是一個鉅大工程。編輯途中，馬覺退出，盧文敏入席，羊城與羅少文更不幸辭世。羊城病危時託其妻子把收藏的雜誌、剪報、文件等移交給路雅。在檢視一疊疊的紙堆時，就意外發現了這幾張手稿。然則這幾張手稿原為羊城所珍藏，現轉交於路雅手中。

這篇文章是為台灣師範大學校慶徵詩比賽選詩而寫的。羊城1972年台灣師範大學國文系畢業。則可推敲其1969-72年就讀於師大。余光中1966-71年擔任台灣師範大學副教授，其間曾赴美講學。這段時間，出版了詩集《敲打樂》《在冷戰的年代》，散文集《望鄉的牧神》等。余光中的詩在台灣風行一時，1963年的《蓮的聯想》更傳誦於大學生間。那是一個現代詩火紅的年代。余光中就傲立於這個年代的尖峰。可以推斷，手稿為羊城就讀於師範大學國文系時，自校慶徵詩比賽活動得到的。則此篇手稿時間為1969-71年間。

　　但在〈選詩後記〉中有這麼一句：「夐虹和鄭林兩位詩人沒有
參加，也使陣容減色。」查夐虹（胡梅子）畢業師範大學藝術系，
在大學時詩名已盛。後來余光中更稱她為「繆斯最鍾愛的女兒」。
按莫渝〈水紋蕩漾，依岸傾聽——讀夐虹的詩〉中記載，夐虹1958
年秋入學，1962年畢業。時期明顯與上面推斷不符。再翻查年譜，
悉1959年余光中自美國愛荷華大學藝術碩士畢業後返台，則任教於
師範大學英語系，至61年赴菲講學而止。則我們可以再向前推斷，
此為1959-61年間之手稿。不知後來如何輾轉為羊城取得。此手稿距
現在已有57年之譜。堪為余氏最早期的文章手稿之一，其極為珍貴
可知。

　　余光中與香港詩壇有深厚的緣份，因為他平生有10年在香港中
文大學任教。對當時香港詩壇影響甚大。香港詩人羊城珍藏余氏手
稿數十春秋，而今復轉交路雅手裡。只是台港詩壇往來頻繁九牛一
毛的證據。余光中居港十年（1974-1985），1986年的《紫荊賦》便
收錄了多首與香港有關的詩作。1985年，香江出版社出版了《春來
半島——余光中香港十年詩文選》，為余氏居港的創作成績作出總
結。我翻看這薄薄的三頁，彷彿那段時光都困鎖其中，而窗外天陰
雲低，那雙斑鳩竟已不知所終。

　　　　　　　　　　　　　2018.8.8.凌晨1:10，於將軍澳婕樓。

選詩後記　余光中

這次師大探驪徵詩比賽，來稿很踴躍，成績也頗可觀，令人非常欣慰。眼看師大同學之中，愛好新詩且孜孜於寫作的，日漸增多，而且水準也日漸提高，相信不出數年，本校定會崛起非常優秀的現代詩人。寫作是終生的興趣或事業，同詩的選評定成。九繆斯中最年輕可愛的一位，許多大詩人都早年在大學時代便已有驚人的表現。艾略特的 The Love Song of J. Alfred Prufrock 也是在哈佛大學讀書時寫成的。不過，彌爾頓的 Il Penseroso 和 L'Allegro

很早的飛得很高的回事。「小時了了，大未必佳。」上文歷史上夏有傷盡的神童，不容含糊。往往是中年以後的產品。而其名越傳一開即逝的偉大詩人，樓之看。五四以來，我們曾有特式大器晚成的偉大詩人。穆旦，辛笛，佛洛斯特式大器晚成的偉大詩人。我們金不會多少才氣橫溢的詩人，又有多少個像佛洛斯之有偉大的前途，是不容懷疑的。問題在於我們金不會產生幾個（至少一個）用白話工穩量水寺詩的真正大詩人。我不知道，這六個得獎的青年詩人有沒有這個把復，和理情。近日在信箋裡先生的信中，我還說：「我相信，到八十歲時，我的詩還是很露水的。」
。我對這次得獎的六首詩，有一個大致的印象是

近成熟，但尚不夠定整，平穩有餘，但尚欠洗鍊。抒
情，但不夠戲劇性的緊張。題材限制於選舉業同學，篇
幅限制於二十行，這是很可惜的。若把這些詩人寫得更好
的表現。賞如知鄭林兩位女詩人沒有參加，也使陣容減色。

個別地說來，「航線上」比較完整，有朝氣。
語言也比較統一。「海藍有浪白」地氣很好，第三段意象
很好，惟「一步」「港」，重覆得不好，求如改成「堤」。末线
末字的「港」，有些句子太長了，「起」字尤其太冗繁。
「航線上」有些句子太長了。
「春的復活」頗完實，意象多，思想多，但不太調和
。作者頗有西洋文學修養，惜乎一時用不到新詩中來，所

自由中國現代詩的影响力又太迫近眼前了。第二行「
剛注注冊的大一少女」那意象是迂迴的 almost every 字
都很籠統。「重陽遐想」標題指舉業的秋之成熟感，但即事
即景，且合乎時節，何不用遙陽囚意象？圖書館布事業海
文二行嫌概念化。「凝視社會」也是敘述，不是表現。
「日曆撕的風兩聲」甚佳。
「方向」比較警凌，但第一段的句法單調了一英。「
鳳凰木的紅談室不遜前路的鳳閔，很好的意象。「
的驪歌」則太常見了。第二段仍將是老生常譚。如果沒有
末行那個生動的意象的話。第三段前三行的文字很老練，
顯示作者意在於中國古典的傳統。但末行又陷入概念化的
泥沼了。

3

「終矣・起矣」一首，在節奏上還怕像格前三首，但在意象上棚平了一次，全詩陳鏈聲，露夏之外，均為抽象的概念。「把像的棲角」、「智慧之語」華都是一堆一堆空洞的手法，一則一次，抽象不是不能用，但必須知是律的意象配合得好些。

「日正矣中」和前四首不同之處，是活潑，且富挑戲劇性。它的句法運而有力，發展快而簡潔，閑捷這一次，作者不妨去看看Cummings的短詩同一題材 Buffalo Bill，才可模現，表現平易多多的重要。第二段末段之對照是好的，那戲劇性。第三段也相為有力。第二段末二行和整個第四段，都太「新文藝腔」了。文氣々的，軟々的，不像畫里，古

伯那種墊言而有動作的源題。

「我们不再一起走過这林蔭」哪炫邊，且瓶調知「古典与理代」的趣味。惜乎文字的控制尚須加強，「麥方帽散笑」这句以容得更生動突，「高曉在通道」載太成語化了。「押智慧知愛镇滿在溪子们的眼前」，亦犯了概念化的毛病。末段結得好，可是「逆林蔭」三字似乎提高意念「一行，「但し空不妨併入俊一行」。此詩蹟美理神之一。

綜而觀之，六詩皆有可取，但多成熟彷南有距離。如不方題材所限，他们的象现习融更好，有一两段作者甚至未違自己平日的水準。試看今日如诗壇，單中作者多而優秀，值得珍賞。大學作者的速爆在枝學的優美在模理歷中富。理好瘫閣：大學的理路中富起末，如何使莘莘學習和含夕。如何使自己的理路中富起末，如何使自己的作品免格貧血，考。戴方帽的诗人们的努力方向々。

五月廿日

高雄訪余光中及其餘

　　二零一六年聖誕前，我到高雄拜訪詩人余光中。拜訪前有兩首詩值得談談。一是我居住的酒店靠近民權路，因而知道了臺灣欒樹。並寫了〈民權路上的臺灣欒樹〉一詩。當中有「無人不道，從西子灣落日回到這裡……叫欒樹的，是這土地最強大的堅持／它們擁有的美色與名字，在流風穿過時／柔軟如愛，並只懂得鄉土的話語」。另一是謁見詩人前，我寫了〈背山〉一詩。詩如後：

　　〈背山——致大詩人余光中〉

　　　　想像一個背影瘦小，踽踽行於西子灣畔

　　　　金烏斂翅，喧鬧的都將息止在海平線之下

　　　　守夜的燈點亮，世界便還原為真實的面貌

　　　　那一線的渺渺無邊後，便即渾濁與動盪的煙火

你的詩是沉默的存在，不柔不剛
任天崩地裂不曾變改一絲顏色
殿堂的門已然打開，有你緩緩吟誦著的天籟
而那叫落日的，又從東方神祇間轟然升起

背山沉吟，有類於遺世而獨立
高雄是一座城，也標示著一個峰頂
無訴無譽的國度在欄柵之中
因為所有的恆久都是空澄於內而紛擾於外

　　這首詩在《海星詩刊》上發表時，副題被改為「給詩人余光中先生」。幸而後來譯成英文版本再在英文中國筆會上發表時，得以更正。當日午後到了高雄左營區瑪黑咖啡，吃過午餐便逕往叩門。門緩緩拉開，看到余光中坐在大廳上，慢慢站起身來。詩人精神矍鑠，我為之喜悅而笑語。詩人也語帶輕鬆間作戲謔，但動作時，顯然身體羸弱，走路也很費力。

　　余光中堅持慢慢走到餐桌那邊，替我帶來的一九七零年版藍星叢書《敲打樂》詩集扉頁題字：「秀實留念：紀念十年在香港的歲月，十年在港繼以三十年在高雄。先識其弟再交其兄。余光中二○一六・十二・二十七日」。然後我把〈背山〉拿出來給他，他極為

高興並仔細地看，然後逐字指點，緩緩把全詩讀畢。從前在台港兩地，多次聆聽詩人誦詩，其音醇雅其聲緩厚。這次同樣醉人，卻成絕響。朗讀完他細說，這是給我的啊！那時我正籌備中英雙語詩集《與貓一樣孤寂》的出版，因貪他的墨寶難求，便復請他為我題辭。他略為詢問詩集的內容，得知是任教於台大外文系梁欣榮教授英譯，便說，令兄的譯詩是道地的英語，比我譯的更好。然後他稍稍沉吟，便小心翼翼寫下了這九個字：

孤寂如貓
熱烈如詩歌

詩人睿智，確實一語道破我的詩與人生。我獨居十餘載，除了有時感到孤寂外，大體上是熱烈而快樂的。詩集一六年十二月已在香港出版，並已轉送予他。稍微閒話，拍照，因考慮到詩人疲憊，便告辭賦歸。

這段時間，余光中三度修訂了他的譯詩集《守夜人》，並託我哥轉贈予我。這本新版的《守夜人》余光中並沒題字。但我2004年初收到他第二版的《守夜人》，是託友人從香港寄出，並有題贈。2013年底，余光中託黃維樑教授轉來三篇詩歌的手稿，發表於2014年3月的《圓桌詩刊》第43期。這三首詩分別是〈我的小鄰居〉

〈阿里朝山〉和〈杭州詩會〉。2015年，余光中寄來他的詩集《太陽點名》，分別以繁簡體書寫了我的筆名。2016年余光中因澳門大學之邀約而過港，曾託樊善標教授約聚於一個小型的詩歌朗誦會。但我因離港參加詩歌活動，無奈婉拒。今年（2017）十一月我赴臺北，從哥哥手中拿到余光中託秘書給我們兄弟的一封信，並附上第七十一期的《藍星詩頁雙月刊》，那是民國七十三年一月出版的。詩人在信中說，整理雜物時，找到了當日你寫的一篇文章。那是我早年寫的〈所謂伊人——評介詩集《隔水觀音》〉。當時我不知情，三十餘年後，詩人竟不忘交付予我。

　　我與余光中大師有詩歌的情緣而私交並不熟稔，那是一種福份，因為俗世之交得在詩歌情緣之下。生命總在驛馬奔馳，十二月十四日早上在澳門，忽聞詩人仙逝，悲慟之餘，心裡有數。我想起西子灣的日落，想起臺灣欒樹，也想及當日拜訪他的點點滴滴。生命太短，而詩卻永恆難忘。「蟬聲再長，也只像尾聲了」。秋去冬來，忽爾蟬聲戛止，悲夫！二十九日我專程出席高雄的詩人余光中追思會，感懷至深，座位上惶恐不安。靈前致哀，悲切難免。巍巍乎高山，那些流言蜚語也將消逝於西子灣的夕陽晚風中。

2017.12.16.凌晨2:15，於將軍澳婕樓。

回首那狼煙
讀向明第三本詩集《狼煙》

　　《狼煙》1969年由純文學出版社出版，屬藍星叢書第八種。詩集厚90頁，收錄詩作40首。同期屬藍星叢書的詩集，還有余光中《敲打樂》《在冷戰的時代》，夐虹《金蛹》，蓉子《維納麗沙組曲》等四種。

　　那時臺灣的白話詩被稱為「現代詩」。其受西洋現代派的影響至大，也因此而被視為「西化」的產物。所謂「是橫的移植，非縱的承繼」也。詩集第一首為與書名同題的〈狼煙〉。此詩三節4-6-6共16行。末節是：

　　　　昨夜，狂歡節的煙火
　　　　把大寂寞的旅人目迷了
　　　　蒼茫裡，有人
　　　　焚著詩束，焚著憂鬱的藤蔦……

　　舉起了狼煙，在心之極地

　　向虛無索引[1]

　　那段時期，也是存在主義思潮的興盛。詩人在最終用上「極
地」「虛無」，便即存在主義對生命的基本闡釋。生命被認為無意
義，所謂「存在先於本質」。故而詩人有此抒發。「狼煙」在詩
裡是象徵，也有荒原式的指向。世間頹敗，人心枯寂，詩人焚詩
以寄，為此詩的意思。沙特JEAN PAUL SARTRE把作家視為一個顯
露者revealer，並指出「作家的視線從某一景物移開，那麼，它（景
物）將重新沉入永遠的黑暗中去。」[2]詩人於生命也得是個顯露
者，要正視自己的存在，不管態度如何。

　　早前臺灣詩壇有「含羞草詩抄襲事件」[3]，這裡不探究事情之
來龍去脈。只是想說，涉事的兩位詩人，其「含羞草詩」皆不及向
明寫於六十年代這首。且看：

　　聚居的箭羽們在想著

　　如果黃昏自那塔尖，分給他們

　　一些金簇

　　他們可否抓著，而且

　　飛去。不再默待，不再亂抓戲謔

我也草擬了一冬的窗花

當晴日來時，那些

愛閒蹓的雲

會在窗口織些幻景

然後挾我以離去

於是，我也不再把現實

抓入思囊

再無趣地捨棄[4]

　　詩5-5-3三節共13行。對植物的細微觀察與奇特想像，彰顯了詩人脫俗才華。詩人把握了含羞草受觸碰時葉子閉合這一特徵來書寫。詩的基調是「生命裡的收放」，或進一步說，是「捨得」的哲理。詩的結構卓越，非利用公共財來書寫霸凌的平庸作品可比。抄襲固然應予譴責，但平庸卻是詩歌抄襲引發爭端的原罪。現時網絡發達致令平庸之詩泛濫，相互間的抄襲自是慣見平常。此詩除了首節寫含羞草本身外，餘下兩節都是詩人自喻。詩人把含羞草的葉子比喻為「聚居的箭羽」，黃昏時沾上了太陽光。這是極度不凡的想像。而其葉子因一點風吹草動而開合，這即詩人眼中的「亂抓戲謔」。如果當時也流行什麼「小詩」「截句」，詩便到此而止。但

向明並不甘心，他筆鋒一轉，寫到自身來。詩人想到遠方那些渺然事物，然而那是虛幻的，徒傷懷抱。含羞草葉子的一收一放，已然給了詩人啟示。那些時刻念想的現實是「收」，無趣地捨棄是「放」。徒勞無功，又何必把生命自我戲謔呢？

　　詩集裡的植物篇章，還有〈野菠蘿〉〈馬尾松〉〈優曇花〉等幾首。詩人都能把握事物之特徵來寄情，很是精采。遍植於墓地的馬尾松，詩末是「雖然湛綠裡孵不出花／雖然湛綠色有時／亦是一種惹人的悒鬱」，如此冷抒情，妙極。砂礫山坡上的野菠蘿，詩末是「莫奈何的，乃在此／擲狂亂於髮型，乃在此／與荊棘同腐朽」。菠蘿因其在野，不入皇家果園，佯狂垢污而終與荊棘同腐朽。物傷其類，寄寓極深。〈優曇花〉也精絕倫。且看：

　　生命是一程夜

　　又有誰認那旅者

　　當遠處的星火

　　開在永寂，也

　　萎在永寂

　　有誰識那旅者

　　當儲滿沉沉的顧盼於雙眸

　　而無投向

　　而被泥封

　　遂親生命以淺嘗了

　　誰說路太長

　　二千年亦有一次美的展現

　　我滿足一笑間的

　　綻與歿[5]

　　成語「曇花一現」指花開時間極其短促，另曇花開在夜深，常
為人所錯過。詩始於慣常，指出生命的兩種局限來。二節寫羈旅之
人，心裡的絕然孤寂。詠物詩當然不在於物上，或說始於外物而終
於自傷。但寫物手法往往高下立見。此詩設一羈旅之人遇上剎那曇
花，於焉才有末節之述說。俯仰一生，生命究竟如何，往往至死而
不悟。所謂「一生一世，如夢初醒」是也。詩人面對存在，展現出
其悲壯的瀟灑。古人對於詠物的主張，有「應物斯感，感物吟志」
八個字[6]。詠物詩最終要抵達「吟志」方為上品。美國自白派詩人
普拉斯SYLVIA PLATH的〈十月的罌粟花〉[7]，便是藉由遇見盛開
的罌粟花而作出藝術化的表白。所謂詠物詩的「吟志」，便即這種
「藝術化表白」。寫花，竟有如斯句子：

一件禮物，愛情的禮物完全是不請自來，來自

蒼白的，火苗閃閃地

點著了一氧化碳的天空，來自

禮帽下呆滯的眼睛。

　　因此詩而想及集內的〈當戀來臨〉。兩節詩的元素雷同多而旨趣近，卻有著男女之別。讀好詩，無關中外，均能樂在其中。向明詩的首節是：

寂寞們都不再守候了，當戀來臨

看得見它們自長長的黃昏逸去

自你眼睫邊逸去

看得見它們，狼狽地

遺殘骸於星空之上，昨日之上[8]

　　〈今天的故事〉是詩集內最長的詩作，副題「兼覆阮囊」。詩七節4-8-8-8-7-8-8共51行。據知此詩當時曾讓詩人領受到戒嚴時代的「白色恐怖」。許多詩刊都不敢刊發。向明曾在〈阮囊並不羞澀──被遺忘的藍星詩人〉一文說，「一九八六年出版《星空無限藍》藍星同仁詩選，阮囊入選了九首詩……自此以後，各種選集便

沒再出現過阮囊的名字」[9]。在臺灣知道阮囊的人不多，如此低調
的處世應與其因詩賈禍不無關係。向明此詩，除首節外，每節均以
「有那麼一種精靈」開始，對阮囊其行其詩，持一種絕對的肯定。
受牽連自是必然之事。詩首節四行提綱，已屬不凡：

　　　　常常被搜捕
　　　　常常被壓以一巨夜的重量
　　　　而常常與日神一同越獄
　　　　有那麼一種精靈[10]

　　此後各節所運用的象徵手法層出不窮，剴切而生動，允為詩人
畢生作品中最為傑出之一章。象徵手法常為人詬病以晦澀難明，但
這些象徵詩句，我們卻都了然於心胸而耿耿於懷抱。這便是所謂的
文字功底。如：

　　　　或是去數拿撒勒人的鬍子　　（第2節）
　　　　他慣於把樹，根植在自身裡
　　　　讓花開在別人的笑靨上　　（第3節）
　　　　在理論與理論的高牆下，他選擇天堂　　（第5節）
　　　　美學窩藏不了在他們的破棉絮裡　　（第6節）

　　回首那狼煙，臺灣那時是一個詩歌繁榮而不泛濫的年代。詩人們因對詩歌的尊重致令西化語言之下仍產生了不少優秀的作品。我手上的詩集《狼煙》是詩人二零一八年底題贈的，經歷五十年之久的詩冊，釘裝鬆散紙張如黃葉脫落，多處已脆裂為紙屑。我以膠袋封存，珍而重之，視為「三性九條」以外的善本。紀念一個時代的優秀詩人，紀念我與他的詩壇情誼。

　　　　　　　　2019.1.24凌晨1:10，於將軍澳婕樓。

注釋

[1] [4] [5] [8] [10]　見《狼煙》，向明著。臺北：純文學出版社。1969.11.
　　　　　　　　　　　初版。頁2/6-7/78-79/36/26。

[2]　見《沙特文學論》，沙特著，劉大悲譯。臺北：志文出版社，1991.1.。
　　　頁62。

[3]　詳情見網站「每天為你讀一首詩」2016.4.27報導。

[6]　見《文心雕龍・明詩》，南朝劉勰著。轉引自網站「中華古詩文古
　　　書籍網」。

[7]　見《精靈》，（美）西爾維亞・普拉斯著，陳黎、張芬齡譯。南寧：
　　　廣西人民出版社。2015.6.1。

[9]　見《無邊光景在詩中：向明談詩》，向明著。臺北：秀威出版社。
　　　2011.10。頁167。

華文俳句的藝術性
讀《華文俳句選：吟咏當下的美學》

　　詩歌乃語言之藝術，有識之士，殆無異議。篇幅之長短廣狹，其對藝術審美的追求，自是各有偏嗜。傳統歌行與律絕，幾百字與幾十字的書寫，截然為兩回事，顯而易見。白居易〈長恨歌〉840字與李商隱七律〈馬嵬〉56字[1]，同為昭陽殿記事，側重卻相異。詩評家不會說〈馬嵬〉略於述事，是其所病，〈長恨歌〉善於述說，為其所優。因為兩詩的寄寓與感慨各有側重，而各具其不同的藝術價值。相反，〈馬嵬〉字雖少，其慨嘆的「不及盧家有莫愁」，卻為〈長恨歌〉所無。故知文學篇幅的大塊與小品，各擅勝場，不能胡湊相比。

　　西洋對長短詩歌的區分，也是毫不含糊的。詩被認為是情感的宣洩，而人類情感的宣洩一般不能維持長久。故長詩被認為是許多短詩的組合。或被認為不同於傳統抒情詩歌的「敘事詩體」。記得朱自清寫過一篇〈短詩與長詩〉的文章，便指出捨長取短的文學

現狀。愛爾蘭詩人W.B.葉慈的作品。既有短章,也不乏〈烏辛之浪跡〉等的巨構。長短各領風騷,於文學史上慣見尋常。

俳句為詩體家族中字數最少者。有關華文俳句(日俳若以中文書寫,也可稱「台俳」或「漢俳」)的形式現時爭議仍多,當中包括了「季語」的取捨與變更。形式上有人提出「五七五」,有人模仿「十字詩」,也有人主張「兩行式」的。有關這種文體形式的爭議,其無聊處在倒果為因。「道不同」的爭執徒傷和氣。這種情況宜「亦各從其志也」。不強求統一,而主張各異的把最好的文本創作出來。然後在歷史進程中,優秀的文本自然決定了華俳的發展路向。我個人比較認同「兩行式」的華俳。因為它蘊含了與日俳一致的文體藝術特點。正岡子規國際俳句獎評審委員川本皓嗣說,「除了對華文詩歌過於逼促的五七五音定型之外,漢俳並沒有導入多少俳句的美學特點。」[2]明確否定了華俳中五七五的形式。俳人洪郁芬在〈兩百十日之旅──切與兩項對照組合的俳句美學〉裡說,「松尾芭蕉曾經說過,俳句是兩樣事物的組合。現今的日本俳句界稱之為『兩項對照組合』(取り合わせ),而兩個事物之間的斷開即是『切』(切れ)。日本俳句的形式雖然是五七五,但不是分成三等份,而是分成五七和五,或是五和七五的兩種組合方式。」[3]這段文字扼要地把兩行俳句的美學精髓揭示出來,肯定了華俳的兩行式體制。

　　我認同兩行式的華文俳句，因其的「兩項組合」與「切」與我一貫的詩學主張相符。兩項指結構，切指關係。即是：俳句由前後兩項內容組成，而具若即若離的關係。2016年秋，我參與了在上海張江美術館主辦的「日常之美詩歌藝術邀請展」。提出了「第三者」的主張。指出兩項事物並存時應找出其「另一種說法」（無限說法），以打破一貫觀照世態的二元對立說。這種二元對立的情況，分為三個層次：一是「慣常性對比」regular contrast。如夏與冬，地獄與天堂，戰爭與和平等等；二是「創造性對比」creative contrast。這是作為一個優秀詩人最起碼的要求。譬如前方是戰機的狂轟濫炸，背後一個泥濘地，一群孩童在踢球。又或中央是一個廢墟，圍繞著它卻是天使和女巫。三是「發現性對比」inspiring contrast。詩人認識到存在的真相，他發現所有事物的意義都在對比中存在，這種「發現」，令他對生命與一般人的體會大大不同。我們常在優秀的詩篇裡看到這些發現。日本詩人谷川俊太郎的〈繼續寫〉[4]把電車與猴子兩項不相干的事物放在一起，而發現當中意義：

　　　電車行駛在溪谷邊的單軌上
　　　猴子們放棄了進化

　　另一篇〈詩人的亡靈〉[5]中的「詩人的亡靈旁邊是犀牛的亡

靈」這種發現性的對比，讓詩人寫下如此優秀的詩篇：

　　不知道與詩人同是哺乳動物的犀牛說
　　人啊　請你給我唱一首搖籃曲
　　不要區別親密的死者與詩人

　　我以為這與俳句中兩項組合中的「切」，其藝術追求是一致的。第三者的發現性對比，便即俳句美學的切的最高體現。試看以下五首俳句[6]：

　　一半的故鄉與此鄉
　　月陰　（洪郁芬句）

　　驚嘆號的臺北一零一大樓
　　秋日高空　（郭至卿句）

　　雪狐探出頭來
　　傍晚的炊煙　（趙紹球句）

爬格子
發情的貓走過　（吳衛峰句）

一人離去兩人離去
暮色裡的櫻　（永田滿德句）

　　有關「切」的藝術性闡述，旅日華人學者吳衛峰在〈為什麼寫
華文二行俳句〉中有比較詳細的解說，「芭蕉弟子解釋芭蕉俳句的
主張時說，俳句在內容上需要先去後返，需要用切字或其他手法將
這個小宇宙分割為兩個部分。所謂去返，即可理解為兩個部分意義
的發與收，或曰意義的鋪墊與著色。著名學者川本皓嗣先生把前者
稱為基底部，後者稱為干涉部。」[7]上引五個俳句，各自符合切的
不同美學要求。如洪郁芬的俳句，解讀的可能性較廣。月陰即月
亮，但詩人於這裡不用「亮」，是考量到詞語的屬性於詩意的配
合。基底部的「一半的故鄉與此鄉」寫的是詩人身處的地方，只能
說是一半的故鄉，而實際為他鄉。詩人望月興懷，悠然而嘆。簡
約留白，抒發當下情懷，正符合俳句的藝術追求。永田滿德的俳
句，基底部不直接書寫兩個離去的人，而強調先後，巧妙留白。干
涉部是具體事物的「櫻花」。而且是在暮色裡的。兩人為何到此，
緣何離去，並不重要。但卻點出了具體時間。櫻花時節的傍晚。凝

定於一格。由此可知俳句藝術之最高處，可抵達日本美學上「物哀」與「幽玄」之境界。日本詩人鴨長明為「幽玄」作出了如下解說，「幽玄是言語無法表現的餘情，餘情中的隱藏景色。只要深執於心，且用詞極艷，便自然獲得幽玄。」[8]至此我們便明白為何永田滿德選擇了「櫻花」而不作它選。因為櫻花盛開時，極為淒艷。淒艷而美，則易致幽玄。因為幽玄非單純的美而帶有淒楚或飄泊之哀。而「物哀」之境更為幽渺。《增補本居宣長全集‧第十卷》說，「看見美麗盛開的櫻花，覺得那很美麗，是知物之心。理解櫻花之美，從而心生感動，即物之哀。」[9]賞花人之先後離去與櫻花辭枝自落，讓詩人理解到這世間之美。

　　這裡我用了三百多字去闡釋永田滿德這首13個字的俳句，便即俳句一種極簡短而承載大的文學體式。用朱光潛的說法是「（藝術）以有限寓無限」。它的藝術要義在言外。俳句另一堪注目的特點在「季語」上。季語的爭議有二：一是可否寫無季語的俳句，二是應否有不同於日本俳句的季語。臺灣學者林水福說，「季語顯示季節感之外，也是美意識的呈現。」[10]我認為俳句應有季語，若無季語之俳句則與兩行小詩無異。季語的有無也應與俳句的「無題」作一併考量。俳句的無題與我國傳統詩歌的無題不同。李商隱的〈無題〉詩有難言之隱故不作明言之意。其無題是一種社會性的干預，俳句無題卻是一種藝術主張的宣示。於內容而言，詩題或為

引子、鑰匙，或為要旨。俳句追求的藝術意境在言外，其字數愈少愈佳，立題實為添足。當俳句沒題目時，季語便有了「標誌性」用途。並讓俳人不藉標題而立說。這好比垂釣時的魚絲與魚鉤沉於茫茫煙水中，而水面卻浮蕩著一個顏色鮮艷的「魚漂」。讀者可從魚漂的飄動而判斷魚的上鉤。季語在俳句中，其作用正在於此。這是俳句作為一種特有的詩體的構成條件之一。

　　日本文學的光譜極宏廣，並各自呈現繁榮昌盛的景象。從太宰治「無賴派」的自傳式小說到松尾芭蕉「物哀幽玄」的俳句詩體，從「直木獎」到「芥川獎」。文學上多元並容的健康發展，讓日本文學長時期處於一個高峰的狀態。本文談華文俳句時，忽爾想到十九世紀印象派畫家保羅・塞尚的一句話：「藝術是和自然並行不悖的一種和諧」。感受彌深。俳句所揭示的藝術精神，季語與切，源於此也在於此。

　　　　　　　　　　　2019.1.25夜11:30，於將軍澳婕樓。

注釋

[1]　李商隱〈馬嵬〉有兩首。一首是七絕「冀馬燕犀動地來」，一首為七律「海外徒聞更九州」。

[2] [6] [7] [10]　《華文俳句選：吟咏當下的美學》，吳衛峰等合著。臺北：釀出版，2018.12。頁4/34/57/81/90/111/130/7。

[3]　〈兩百十日之旅──切與兩項對照組合的俳句美學〉，洪郁芬。刊《中國流派詩刊》第10期，2019.1。頁68-69。

[4] [5]　《我》，谷川俊太郎著，田原譯。臺北：大鴻藝術，2017.12。頁36/84。

[8]　《幽玄：薄明之深》，大西克禮著，王向遠譯。新北：不二家，2018.11。頁68。

[9]　《物哀：櫻花落下後》，大西克禮著，王向遠譯。新北：不二家，2018.8。頁56。

望穿秋水
讀洪郁芬秋日俳句三首

　　元朝王實甫《西廂記》有「望穿他盈盈秋水，蹙損他淡淡春山」之句。成語「望穿秋水」，意指對遠方之人的殷切盼望。但詩歌創作上的望穿秋水論，卻有另一套關乎創作的論述。即詩歌創作應該穿透所見所聞之客境。秋水蕩漾，湍流不息，均為世相。其紛攘繁擾，變易不居。而世相均為虛假，因為一則不能盡錄，所有對世相的描述都是局部而非全部。一則所見之客體均是在浮動的狀態中，世相的描寫只能存有剎那之境。此刻之是則為下刻之非。詩人如果追逐於世相，猶如滾動鐵輪內的倉鼠，疲於奔命而終究徒勞無功。

　　華俳因為兩行字數極少，內容傾向吟咏當下，提倡「切」的藝術技法。其書寫更應藉由世相而進入真相。俳人必得望穿秋水，以極凝煉的字詞把真相揭示。這裡對台灣俳人洪郁芬有關秋天的三首俳句，略為析述。

算數秋風

　　詩人洪郁芬八月二十日於「華文俳句社」發表俳句作品如後：

　　可指望的事物之一
　　秋風

　　華俳作為華語詩歌的文類之一，其特點是：兩行式，前後的關係為切，季語。我想指出是，華文俳句可歸類為格律體的新詩。其情況猶如「商籟體」。既有形式上的規限，也有內容上的要求。商籟體又名英式十四行詩，其最後兩行常為總結全詩的精髓，是鞭辟入裡的警句格言。華文俳句的首行為「干涉部」，末行為「基底部」。後者為俳句的基本內容，而前者為對基本內容所提供的背景或指向。

　　洪郁芬這首俳句僅10個字。卻符合詩歌藝術上最高的法則——詩歌語言的建構。時下也有人主張575式的漢俳，但多措辭陳套，因襲古風，了無新意。這首俳句的基本內容為秋風。秋風乃氣體的流動，無形而可感。但詩人卻提供一個極其驚人的指向，「事物之一」，即詩人當下所接觸的眾多事物中的其中一項。而秋風非事物

也不能以數量計。故其潛在語言是，所有的事物當下均無關宏旨，惟秋風撩人。何其悲愴無奈之意！

　　秋風撩人者何！詩人在非常局限的文字中提供了線索，「指望」。這個兩字詞用的極為巧妙，完全是一個具有悟力的詩人的用語。詩人獨立秋風中，感到存在的茫然。今夜燈火，明日關山，將歸何處！無指望的人生是悲痛的。而詩人所指望的卻未有明言。我想起2016年諾貝爾文學獎得主鮑勃迪倫Bob Dylan的歌辭：

The answer is blowing in the wind
答案在茫茫的風中

　　不明言是詩歌極其重要的技法之一。其理論是世間的事物不能盡言，所有的詩歌均為局部的呈現。秋風既為可指望的事物之一，其理即詩人仍相信有可指望事物的存在，為之二，為之三，只是當下她未曾發現。詩在悲愴中又隱存希望。此俳字字珠璣，推陳而翻新，意蘊糾結反覆，餘味無窮！讀俳句，以「心」非以「目」，此之謂也。

秋水兩層

詩人洪郁芬八月二十三日於「華文俳句社」發表俳句作品如後：

> 無為即有為
> 秋水

俳句一般是對當下的抒寫，其背後有「活在當下」的存在哲學意蘊。在時間上而言，既為對光陰的把握，也是對生命意義的尋覓。當下的時間定格，相對於「過去即歷史」與「未來即預言」來說，而其實生命是由連串的「當下」所組成。所有的歷史都曾經成為當下，所有未來都終必蛻變為當下。如何讓當下成為永恆，則便是俳句的終極追求。好的俳句，總是過濾了紛紜，找到縫隙，以極少的文字穿透事象而抵達心象。

秋水，結合了季節演變與自然現象。可為一場淅瀝秋雨，賀方回「空床臥聽南窗雨」是也。也可為秋日湖水，李商隱「巴山夜雨漲秋池」是也。當然也可以是莊子〈秋水〉中所描述的「秋水時至，百川灌河，涇流之大，兩涘渚崖之間，不辨牛馬」的景觀。詩人置身的環境中，為一場秋水（假設為一場雨）所觸動。她想法有

很多。秋雨打亂了我的行程，或讓我懷人憶舊。姑不論如何，她最終的想法為：不過為自然現象，何必庸人自擾。是故她為秋雨下的注腳是「無為」。這是第一層。

而詩人再思索，秋雨雖為自然現象，於我無意。而事實上也真的因這場秋雨而觸動了情緒。外境無為而心境為之動焉，這是有為呀！這是詩人自一場秋雨所領悟出的。這是第二層。

因為季語「秋水」，我儘量避免給文字的路標引領到哲學去。美國詩人艾米‧洛厄爾Amy Lowell 1874-1925有一首二行自由詩〈秋霧〉Autumn Haze。很值得相互參考。

　　是一隻蜻蜓還是一片楓葉
　　輕輕地落在水面？
　　Is it dragonfly or a maple leaf
　　That settles softly down upon the water?

蜻蜓點水是有為，落葉是無為。兩詩異曲而同工，只是表達方式不同。洛厄爾的兩行詩是，以客體事物呈現一個讓人疑惑的畫面，這個疑惑不定即為「秋霧」的最佳注腳，表達迂迴曲折，其精采若此。而洪郁芬的俳句正正不同。詩人鎮定無疑，面對秋水撩人，始於深藏的情感而終於冷酷的思想。前者華麗，後者樸實。不

同的兩種語言成就一樣的傑作。

秋雨落果

詩人洪郁芬八月十一日於「華文俳句社」發表俳句作品如後：

落果還青嫩
秋雨

此俳僅有七個字，篇幅極小。「秋雨」為季語，標明季節與天氣狀況。在現今城市化的生活中，每個人對一場秋雨的降臨，感受並不一樣。但其分別主要在「現實上的群眾本位」與「理想上的個人本位」的不同。前者會抱怨一場突如其來的秋雨，讓晚間的戶外音樂會取消。後者即會因一場黃昏的秋雨而無端發呆。我要說的是，兩種情況都有可能寫成詩歌，但表達的卻是兩種不同的意旨。

俳句的創作，在內容與形式兩方面都有藝術上一定的要求。俳人應自覺的遵守，這是文學的紀律。古時文人視創作為神聖之事，有所謂「經國之大業，不朽之盛事」。郁芬是一個恪守紀律的俳人。她的作品，悉皆循規蹈矩。秋雨綿綿中，詩人走過植物園，看到掉在地上的果子。當下出現了多種可以書寫的景況，而詩人聚焦

於果子上。落果的青嫩才是詩人所驚訝的。因為青嫩的果子不應落下，是秋雨把它打下。可見這是一場澎湃的秋雨。

俳句寫作重視所謂的「客觀寫生」。當然在創作的角度上說，並沒有全然客觀的視點。落果是「必然」，因秋雨而落果是「應然」。這指涉哲學上的is-ought problem。這首俳句兼有「必然」與「應然」的客觀性，而其取態則在副詞「還」上。我看到郁芬在這樣的客觀書寫中，毅然添上「還」字，作出了一種主觀的判斷。這是詩人刻意的介入。而因為這樣的介入，讓我們在解讀這首俳句時，有了多一層的解讀，即這既是客觀景物的描述，也是詩人的自況。

唐朝詩人杜甫有五律〈小園〉，頸聯與尾聯如後。

秋庭風落果，濺岸雨頹沙。問俗營寒事，將詩待物華。

頸聯的「秋庭風落果」五字，可與此俳並讀。瓜熟蒂落本乃順理成章，故無論因洪郁芬之雨或杜甫之風，都是容易令詩人興起慨嘆。雨打芭蕉，黃台之瓜，惹人閒愁，卻皆有違於農事。然杜甫詩藉此聯寫眼前秋風秋雨中破敗之景，舒放之後，尾聯方為全詩意旨。以詩歌（精神追求）之待與俗事（物質追求）之營作一相較。饒具深意。而郁芬此俳，則是始於表象的秋雨落果而終於心象的睇

物自憐。優秀的詩篇總是不囿於實景而劍有所指，或內戳於心，或
外裁不平。

2019.9.3 零時10分於將軍澳婕樓。

【大陸篇】

詩人畫家張國治作品

主觀的準確
紫凌兒對一張桌子的述說

　　我接觸甘肅詩人紫凌兒的作品，第一首是〈關於破敗〉。詩的第二節是這樣的書寫：「時間像一個異己者／藏匿在人群裡。我看見夜／在詞語中顯現出不安的神色／但沒有任何破綻」。詩人對世間如此量度令我十分驚訝。詩歌的語言必得穿越語文而為藝術。那是判別「詩」與「非詩」的重要指標。語文是尋求詞語客觀的準確，並抵達於目標（意）。詩歌語言（藝術）即是豎立主觀的準確，並把真相呈現出來。把時間判定為異己者即是主觀的準確。詩人以其自身的體悟，判定時間總是扮演一個異見份子。時間家族裡其中一個成員「夜」更不懷好意，它忤逆詩人的尋歡或獨處，雖有不安之神貌卻難尋出其破綻。前一句作出主觀的準確判斷，後三句則呈現出判斷後的一種狀態來。詩的巧妙在此。而更為精采的是，第三節進一步寫出了時間這個異己者的特徵來：

> 我想起北方，堅硬的雪
> 便相信了這一刻柔軟的溫暖
> 如同相信，我們懷疑過的草藥和它隱秘的治癒性

　　第三節出現了時間家族裡的另一個成員「一刻」。時間在這裡對詩人作出了瞞騙，這是作為異見者的一大特徵。而詩人卻甘心被其所騙。因為她迷醉在有異於北方的溫柔。而這種相信，即類似她一直懷疑的草藥。雖則未能確定其效果，而她寧可信其有。這當中也隱含了對某種事物的良好祝願，即最終這溫柔能作出治療並為她帶來歡樂。至此我們便得悉，詩人巧妙在述說中布下了如此縝密的網羅，並讓讀者認同。

　　紫凌兒近日另有一詩〈桌子〉。全詩三節18行，如後。

> 它在朝南的房間裡，堆滿了陽光
> 和一些瑣碎的日子。我習慣將它稱為書桌
> 像聊齋裡的書生，成為一個故事的道具
> 供我附庸風雅，取悅生活的貧乏
> 其實它就是一棵躺倒的樹
> 我坐在桌旁，像坐在公園的長椅上

將一天中最閒暇的時光，賦予它
賦予一小片安寧，並忽略體內暗藏的鐵釘
對一個春天造成的傷害
我以凌亂為其命名，很容易就淡忘了
它的前生，曾被一把斧頭砍伐
同時被砍伐的是光陰，和它們滿身的疼痛

如同你在病中，對我說：
你要好好的，我倒下了，誰來照顧你
我心裡的疼，像樹葉，紛紛落地
而這桌子，依舊緘默，並懷著一座森林的敵意
與我對峙，與世間所有的斧頭對峙——

　　詩的首節，詩人以生活語言來定義一張書桌。這裡的「習慣」，即語言枯槁的約定俗成情況。但詩人對這種既定的想法極其不以為然，因枯槁的詞語並無營養不宜入詩。在自嘲為書生的「工具」後，隨則作出了驚人的述說——躺倒的樹。這同樣是主觀的準確，也即我常說的「真相」。述說本可到此為止，然而一經發現，詩即誕生，故而最精采在下一句「坐在桌旁，像坐在公園的長椅上」。那是一種異樣情懷！超越了所有的約定俗成。

　　二節思想更挖深一層。她察覺到桌子的結構，內藏鋒利的鐵釘。因而作出了另一個定義：對一個春天造成傷害。每晚相對的一張書桌，終於被詩人重新定義。日常生活總是忙碌的，凌亂便是書桌的世相，而這卻讓我們距離事物的本質愈遠。詩在這裡下了重筆，因為非但寫出了當下的形體，並追溯到它的悲愴的前世。至此書桌的整個述說便臻於完整。

　　更為精采處在末節。詩人因眼前的書桌而自傷。我想及庾子山〈枯樹賦〉「昔年種柳，依依漢南。今看寥落，淒愴江潭。樹猶如此，人何以堪」幾句。詩人想及所愛的，曾對她說過這樣一往情深的話。這種情人話語本質當然賦有在炎涼世態中的溫暖和煦，而因為當下某些現實因素，卻讓她感到極其疼痛。樹被砍伐時，總是撒下漫天落葉。這非葉下如雨的浪漫，而為一株樹輪迴時的悲痛。桌子緘密地並懷著巨大的敵意與詩人對峙，因為它認定了它的輪迴是因緣於詩人伏案書寫。書寫最終歸於出版，對樹木是一種傷害，但更深刻的是，書寫為文字的述說。「天雨栗，鬼夜哭」，文字的存在帶來了自然異象。這是在其忙碌的生活裡，在其憧憬的愛情裡，詩人對詩歌創作的深切反思。被譽為跨文學領域的美國作家俄蘇拉・勒瑰恩Ursula K Le Guin說過：他們害怕龍，是因為他們害怕自由。同樣，詩人害怕一張書桌，是因為她在渾濁的世道裡害怕真愛。詩歌最末，把思想提升到最高位階。無論寫桌子，寫自身，均

因其主觀的準確，讓真相呈現。而成就一篇傑作。

　　詩歌作為一種語言藝術講究「呈現」而非「指向」。而所謂呈現，並不類於法庭上的講求客觀與真實的「呈堂證物或證供」。呈現即我前面所說的主觀的準確。那並非事物的羅列，而是主觀的取捨排列。詩人則通過這些取捨排列準確表達旨意。譬如詩人因其思想與體悟，選取了L-O-V-E四個字母，書寫其滄桑之愛。而讀者解讀為L-E-V-O無污染廚具或V-O-L-E紙牌遊戲中的大滿貫，也無不可。紫凌兒有一首題為〈扇子〉的詩。同樣是始於詠物，而抵達存在與愛情的終點。

　　　　我的孤獨，被一把清涼的扇子暴露
　　　　在你看不見的深處，像一個願望
　　　　許下優美的弧線，和夢境的安寧

　　　　時間在無盡的虛空裡堆積
　　　　沉溺，或爆發。沉重的語言
　　　　如柔弱的翅膀，擊穿天際

　　　　我握緊它，握緊一個期待的結局
　　　　在莫測的旅途，接受你的饋贈

像接受命中的一次契機

　　美國評論家肖薩娜・費爾曼Shoshana Felman的〈文學之物〉是
所有寫作詠物詩者應讀的論文。文中說，「文學之物有著全然不同
的特殊性，它恰恰是另一物。可以確定的是，文學之物與弗洛伊德
之物一樣，也是某種抵制之物，即對闡釋的抵制。」「文本越是瘋
狂，或者說，文本越是抵制闡釋——其抵制閱讀的特定模式就越是
建構了其主體和文學性。」（兩段引文見《文字即垃圾：危機之後
的文學》，白輕編，重慶大學出版社，2016.7.，頁224/225）。紫
凌兒書寫桌子，則因其抵制闡釋而成了「另一物」。同樣地，扇子
也是「另一物」來。這把愛人所饋贈的扇，暴露了詩人的孤獨，寄
託了詩人的願望。其狀扇子的形貌，只有扇葉的五個字「柔弱的翅
膀」。甚至乎讀者無從得知，這是一把紙摺扇，團欒扇還是便携式
電風扇。這般取捨，便即抵制闡釋之法。

　　這些日子，我斷斷續續的讀過紫凌兒多篇作品，其詩多有警句
雋語，並常向事物的內蘊進發，試圖撥開世相紛紜，書寫出個人主
觀的準確來。新詩不僅僅是分行，其存在的理由則在尋找主觀的準
確來。詩人必得越過語法，摒除散文思維，忠於感情與思想之真
誠。詩作才有呼吸脉搏。紫凌兒的詩是活的，我讀到一個生命在巨
大的現實危牆之下瑟縮而過。〈床〉十行這樣書寫：

　　木質結構，摻雜了少許動物的皮毛

　　能聽懂葉子擺動和獸奔跑時

　　細微的聲音

　　我喜歡。如星光覆蓋的河流

　　那一襲柔軟的黑

　　是近處的火焰，以及更遠的森林

　　飛鳥和野兔正穿過隱秘的峽谷

　　而我是它們的同夥

　　今夜，適合與你落草為寇

　　在這床榻之上

　　詩中對這張木床所描寫的極少，其著重於別處。這顯然是對闡釋的抵制。木床來自森林，詩人設想被砍伐的木材仍保有林中的氣息。那是一種浪漫情懷。「我喜歡」三字在詩裡至為平凡卻至為重要。一頓之後如此分行則昭示了詩歌意義的轉折。手法極為高明。中部寫床榻上發生的事。但那仍只是詩人躺在床上的遐想。山林的景況與歡愉的動物，構成一個具體的尋歡畫面。「落草為寇」是對倫理道德反抗。小心翼翼地泄漏了詩人對愛慾的憧憬。詩的成功在於其主觀的準確，達到「另一物」的書寫。寫出了獨一無二的一張藝術性的床來。

　　詩無定法，但詩有卑亢。語言粗鄙者至卑，粗糙者次之，客觀準確者又次之，意象語，主觀的準確者為亢，具藝術性。詩歌創作為一條藝術之路，必得往語言最高處走。時下詩歌多有漠視語言者。讀紫凌兒詩，高下判然。

　　　　　　　　2018.7.26，零時20分，於將軍澳婕樓。

浮沉的文字：詩歌與海洋
讀紫凌兒組詩〈致大海〉

　　在網絡上讀到一組寫海洋的詩，是西北詩人紫凌兒的〈致大海〉13首。與內陸相對，海洋則完全是截然不同的空間。空間的客觀構成直接影響文化。基督教〈創世紀〉記載，「神說，天下的水要聚在一處，使旱地露出來，事就這樣成了。神稱旱地為地，稱水的聚處為海。」（1.9）這裡，以「旱地」形容陸地，以「水的聚處」形容海洋。概括了兩大不同空間的特徵。書寫海洋，可以有各種不同的路數。最為普遍的是，題材直接與海洋有關。寫潮汐、港口、燈塔、海岸線、島嶼等等。這都是容易讓詩人觸感的事物。潮汐寓生命的起伏，港口想到別離相送，燈塔昭示生命路途的光亮，海岸線即為陸盡水迴之境，而島嶼都是充滿思念的，某年某月某日某一次擁抱。這都是常見的。臺灣詩人鄭愁予早年在基隆港工作，寫下了許多與海洋有關的愛情詩篇，並膾炙人口。在《鄭愁予詩選集》中便有一輯「船長的獨步」，當中的名句如：

撩起你心底輕愁的是海上徐徐的一級風

一個小小的潮正拍著我們港的千條護木

所有的船你將看不清她們的名字

而你又覺得所有的燈都熟習

每一盞都像一個往事，一次愛情　〈夜歌〉

如霧起時，

敲叮叮的耳環在濃密的髮叢找航路；

用最細最細的噓息，吹開睫毛引燈塔的光。　〈如霧起時〉

一九五三，八月十五，基隆港的日記

熱帶的海面如鏡如冰

若非夜鳥翅聲的驚醒

船長，你必向北方的故鄉滑去……　〈船長的獨步〉

　　愁予早期這些詩作，成就了所謂的「愁予風」。被當時的楊牧稱為臺灣詩壇的「傳奇」。這些海洋詩篇，都是擷取所見境況而抒發當下之情。海洋之物成為一種所借之客體以寄寓詩人的感情。這是「託物與借景」的手法。臺灣早期有一位「海洋詩人」覃子豪。他的《海洋詩抄》是來台後第一本詩集，時維一九五三年。覃子豪

本為四川人，生於內陸，一九四七年渡海來台，從內陸盆地到四面
環海，地理環境的轉變讓他的詩歌風格迥異於往昔。這個創作轉變
的情況，見於他詩集的題記中，「第一次和海接觸，我立刻心悅
誠服作了海洋底歌者」「它摹仿著人類的感情，面對人類的心情
卻又是創造的啟示。它充滿著不可思議的魅力；我常常在回憶中
去捕捉海千變萬化中的一瞬，如同去捕捉人底感情微妙的那一頃
刻。」《海洋詩抄》收錄詩作47首。當中〈烏賊〉以海洋生物比喻
詩人。詩人通過對海洋的事物與現象來進行思考，從而發見未曾有
的。評論覃子豪詩的，咸以為他「企圖在物象的背後搜尋一種似
有似無，經驗世界中從未出現過的，感官所不及的一些另外的存
在。」且看：

　　不知道你從哪裡

　　偷吃了一肚皮墨水

　　現在卻儘量傾吐

　　像一個自命不凡的作家

　　到處都是你的

　　連你自己都不懂得的文字

　　回到紫凌兒〈致大海〉13首來。更具深度的海洋詩，是作品裡

具有詩人對海洋所認知並與生命發酵而產生的獨特因素在。一般詞語上約定俗成，大陸是相對於海洋，而詩人的認知非是，相對於浩瀚無邊的藍色世界，是五光十色的城市。當我們面向浩瀚無際的海洋，總有一個城市矗立在我們背後。工業革命以降的城市文學，主導了文學發展的態勢。其最為顯著的是，強化了文學上的「理性化的審美意識」。蔣述卓等在《城市的想像與呈現》書中頁26中說，「理性化的審美意識主要表現為，對平民身分的愉悅認同，對都市社區關係的主動認可，對自身獨立的人格理想的頑強追求，對都市與自我情感的苦苦尋覓。」而詩人面對浩瀚煙波，其基調卻是偏向於感性的審美意識。換句話說，海洋詩歌經常出現對自身存在的迷茫，對倫理道德的忽略與淡化，對未來不可預知的無可奈何與恐懼。而不單止於書寫海洋之物，咏嘆漂泊之情，或通過某些現象而尋覓發現，而是逃離城市的迷宮，藉由某些迥異於玻璃幕牆、馬路輻輳的處境，回歸自身的存在，強韌或脆弱。詩歌語言上，城市與海洋之分別在，前者相對具有邏輯思維，而後者即是一種隨興的措置。我稱這些語言為「浮沉的文字」floating words。

　　這十三首作品中，便有了上面所述說的情況。〈從大海歸來〉是組詩的綱領，也是最具邏輯思維的一首。回歸北方城市，便失卻了生活中的大海。

　　你在遠方。大海成為想像
　　一些流離失所的藍，正漫過我的雙眼

　　沒有大海，藍即流離失所。這裡的「藍」，當然是專屬於海洋的藍，也是一種源於海洋的憂鬱。所謂藍調blues是也。沒有大海，詩人的憂鬱茫然無依。如此表現極其出色，成就了海洋詩歌的新風尚。〈在海上〉詩人述說了她與海洋的關係，對布滿危險和膽怯的大海，她報以愛和信任。末節：

　　但我信任大海。信任水，像信任
　　一塊巨大的藍玻璃，在稜角分明的陽光下
　　信任世間所有的鏡子

　　關鍵出現在末行。讓這種不平等的關係變得單向。經由物我的詮釋中看到了詩人對生命的態度。相信鏡子中單純反照的映像，是無奈也是智慧。〈波濤一樣動盪的藍〉中有「我抱住那片藍，抱住命中的稻草和糖塊／抱住塵世，渺小而卑微的痛」讓人感到所有都浮沉於海洋的動盪之中，藍、稻草、糖塊、塵世、痛，無不是浮沉之物。這顯然不是簡單的排列組合。那是一種功夫，非人人可有。寫大海，有所據，有切入之間隙，寫大海上的天空，空無一物，是

真正的「空盒子」empty box。但〈海的距離〉裡，詩人如此下筆，
實在精采絕倫。我以為這是十三首詩中最為上乘的，四節11行錄
於後：

> 海上沒有樹。只有闊大、一望無際的藍
> 漂浮的白，雲，和雲的幻影
> 它們是鹽，快要渴死的鹽
>
> 我想說的是，高空沒有巢，它需要翅膀
> 需要養活愛情的蜜源
> 需要飛翔，一無所有的純淨
>
> 我在岸上。用耐心和風聲替它們築巢
> 築我們共同的饑渴，在時間的各個角落
>
> 其實，我在築一個聲音，比大海更具體的聲音
> 等它告訴我，如何擁有一座山谷的智慧與沉默
> 來與這個世間的距離和解

無一句不精采。寫海，然後寫海上天空，然後寫岸，最後寫山

谷。文詞都偏離理性而具感性脈絡。那是海洋詩的真正本質。末句的「來與這個世間的距離和解」有大道理在焉！寄寓一種人間的和諧，人與自然的融合。人間只有浩瀚汪洋不足，還要有連綿群山。一如前面〈創世紀〉所言。看著大海，無端愁懷。說大海遼闊，說人生浮絮。那只是大多數人的共有經驗，並不真正瞭解海洋。詩人總是少數派。紫凌兒給出對大海正確的理解。〈在大海的城堡裡〉裡，有這樣的述說，「當一種孤獨，大於世間所有的孤獨／我將慶幸，我已擁有你——／盛大、無人能及的內心，以及三千海里的距離」。那是詩人獨特的理解。在浮沉的文字裡記下了大海的心臟脈動。

　　所謂感性的審美語言本質是浮沉的，它需要適度的理性來作紋理。如〈致大海〉的「我不能往大海裡扔石頭／但可以栽樹，種花，種你喜歡的刺」。因其歪悖於常識而順從於直觀或感覺。當然語言的理性與感性區分不限於常識或邏輯的遵循或違規，而為詩人所賦予的一種本質。譬如〈那個向我索要海水的人〉中的「你是那個想要成為狡獪的藍的一部分／或者全部，像閃電一樣／把對方折斷，並試圖／從大海中找回大海的人」。詩中的部分與全部，從A中找回A的邏輯訓練十分清晰，但「狡滑的藍」的奇詭又是如此任性而為。詩人追求的詩歌語言，明顯是先出之以感性的反常，而後輔之以理性的合度。而這樣的語言不同於生活語言的約定俗定，卻

同時具有相當高度的準確性。〈我將藍，留給北方的天空〉是組詩中最末一篇。詩人要回去北方了，告別南方與及那些不為人知曉的情懷。述說起來，極其剴切準確。詩三節9行：

　　我匿名，在你雕塑般的對白裡
　　墨守成規。把一生的遼闊，留給你
　　留給北方的天空

　　我帶走相遇，虛構的泅渡，世俗裡的平庸
　　帶走霧霾、風塵，你的白髮和低語
　　帶走指尖的火，疲倦的抒情

　　原諒我。不能將海水、以及更多贈予你
　　不能將浪花和潮汐贈予你，我要留住
　　深信不疑的藍，野心，遙不可及的遠

　　我讀這首詩，感觸尤深，並可以把語言的色彩分辨出來。遼闊是悲愴的，泅渡是背德的，平庸是自責的，白髮是憐憫的，火是情慾的。如這些海洋詩，其藝術高度自為詩歌群中的五岳。〈致大海〉13首是詩人處外境的變異中對詩歌創作的省悟。而成就了一系

列優秀的作品。我以為,這也是詩歌本質上真正的海洋詩。故特申
論之。

　　　　　　　　　　　2019.6.24 凌晨2:15於將軍澳婕樓。

阿桃歌微詩略議

　　省城廣州有一個詩人叫阿桃歌，人很老實，笑容可掬。與我稔熟。我每次到省城，若聯絡上他。他必設宴款待。最近一次，酒酣飯熟，他說快將出版詩集，請我為序。阿桃歌的詩別樹一幟，我遂欣然應允。這次他傳來的詩卷，翻閱之下，竟皆為時下流行的「微詩」。

　　所謂微詩，並無嚴肅的學理依據。這是詩歌創作上篇幅的制約，而這種制約的出現，源於個人的寫作經驗與習慣。白話詩解放了格律束縛，已無任何形式上的限制，1-14行，乃至20行的，都有不同的的倡議者。譬如嚴力的一行，白靈的1-4行的截句，漢徘的三行，詹澈的五五詩體，林煥彰小詩磨坊的六行，我以前主張的兩節八行，向陽的十行，早期模仿西洋詩的十四行體等等。多不枚舉。

　　現時微詩流行於詩界，熱熱哄哄，最近並有世界國際微詩大賽的舉辦。微詩指的是1-4行的詩體。與臺灣的「截句」不同是，微詩為有行數限制的獨立詩體，而截句則更包含五行或以上的詩作中

截取精采部分而成。阿桃歌的微詩，筆涉大千，極為可觀。微詩的藝術特徵存焉。

　　微詩的兩大藝術特徵：一是語言節約，二是內容點到為止。詩歌語言本來就是追求節約的藝術，不論長歌短章。節約是該省則省，該用則用。故而我們應從「該用」上看微詩的語言。法國評論家米歇爾‧福柯MICHEL FOUCAULT《文學與語言》中說：「文學語言是空間」。而所謂語言空間並不等同於「文化空間」或「作品空間」，指的是語言自身的空間。為此，福柯進一步作出了相當精采的闡釋：

> 這個單純乾淨潔白的空間，它同樣也是一個玻璃窗空間。這是冰冷的空間，雪和霜的空間。一個可以俘獲鳥的空間。這是一個緊湊光滑的空間，它封閉而又折向自身。

　　雖則我未完全明白上述文字的意思，但其刻劃出一個語言藝術空間的意圖十分明顯。微詩因為對詩行的高度限制，我們自不免對其詩歌的語言空間作出更講究的要求。其情況猶如一個狹窄的單人間，因其空間的局促，我們自應更為講究一種兼顧內涵與藝術的室內設計。若以此要求於當下數量龐大的微詩作品，則合乎福柯的要求者極為罕有。阿桃歌為了在有限的語言空間中巧妙布局，故而出

現不少單句長行的情況。〈秋後第一場雨〉竟出現一行31字的空間措置：

> 大雨和雷電突然而至在城市的道路上浮動
> 讓正吃著紅薯的我眼前浮現鄉下姐姐田間勞作的影子
> 城裡的雨水在下水道與廚房的油煙一起奔去大海與海水重生
> 我碗裡的紅薯在莊稼地渴望一場雨水入侵肌體與大地做一
> 　場痛痛快快的愛

　　另一首〈那一片紅葉子〉，詩行遞增，至末句的23字。詩描寫一片紅葉，用了倒敘法。細膩而寄意極深。首行寫葉脈，寓自省。次行寫成長，寓經歷。三行寫處境，寓際遇，並領悟不站在枝頭的處世哲學。末行寫當下，寓自憐。此詩則暗合福柯所謂的語言空間的要求。因為詩歌語言之為藝術，則是存有象徵或寄寓的良好果效。而其所謂語言的空間，也則是因為象徵與寄寓而形成一種具體的四維度空間four dimensional space。

> 打量著你的經脈，與走向
> 想像著你的秋冬春夏，從溪水的源頭
> 到山那邊的日落，從不敢輕易站在一棵樹的枝頭

瞻望什麼，每當我佝僂著把掉落在地上的你俯身拾起

　　感懷自身外，阿桃歌的微詩常有懷人之作。〈母親〉的特色是附有一篇約300字的注文。這是微詩的一個現象。早年我曾寫過一組12首的兩行微詩〈鳥圖說〉，每篇均附上百餘字的「說文」以述事。與詩行的想像旨趣各異。但〈母親〉的詩與文均為述事。此詩四長行為29-29-30-30字。比較詩第2行與注文相關部分如後：

　　（詩）你總叮囑要把水燒開，並說她另外幾壺白開水是免費的

　　（注）每逢墟日，我母親必早早把家裡的3個開水瓶（都是寫著紅油漆字的我爸學校裡發的會議紀念品）和唯一的一個大瓷壺盛滿白開水，就為給我外婆那條村子的人路過時進來喝水解渴。

　　詩與文的內容相類，技法相同，只是詳略有異。通篇若布置平凡。但反覆對比細讀，則發現隱藏了詩人超凡的心思。文中的三個開水瓶暗寓家境窮困，故而才有第4行詩的「撅著嘴巴」，兒子年幼不明父母的無私助人，而母親一句話讓他釋然：「家裡燒的柴都是上那山裡撿的」。

　　有兩首寫到著名詩人：海子與余光中。海子為人熟悉的名篇是〈面朝大海，春暖花開〉，余光中是〈鄉愁四韻〉。阿桃歌的詩裡都提及。〈海子〉一詩靈巧布置，前兩行：「有人經過，喊了一句海子／我不由自主地應了一聲」，寫對海子的迷戀。後兩行：「彼此打了個照臉，都很陌生／但，我們都感覺到了春暖花開」。寫海子詩的傳誦。詩意雖平凡語言卻佻脫。極為精采。可見詩首重語言，內容次之。〈悼詩人余光中〉卻藉此寄寓兩岸之未來：

　　　　一個名字
　　　　一個鄉愁的代表

　　　　在剩餘的時光中
　　　　我們從何而來，該到何處去

　　〈小橙子〉咏物，〈石室聖心大教堂〉誌地。並為佳作。前者寫作靜物畫，人與畫中之物已然融為一體。末行「最後重重一筆題上：晚安，橙子！」彷如淺灘卻有深淵，為神來之筆。後者觀景有感，教堂為凡間連接天界的地方，聖潔無比，高聳的十字架讓世間的罪孽得以救贖。末行「走街串巷的拉貨人在你身邊帶起一陣風」，視線一下跌落凡塵。眾庶憑生，那一陣風方才讓詩人有所感

觸。詩的含意特深，一如吉爾・德勒茲GILLES DELEUZE在〈逃逸
的文學〉中所說的「人轉身離開上帝，上帝也轉身離開人」。兩首
微詩的緊要處皆在末行出現。〈什麼叫四行微詩〉是詩集裡最短的
微詩：「1／2／3／詩」。詩人以最少的文字寫出對微詩的看法。
微詩首先是極簡，其次是成詩於末行。竟一如所言。

　　2015年阿桃歌獲《綠蔭詩報》年度詩歌新人獎。其授獎詞中
說：「他的詩歌卻又總是在一種冷靜中，發現一種令人感到驚奇的
特質。」詩裡具有令人驚奇的特質，實在不容易。因為這不是指內
容，而是述說的方式與態度。內容人人都有其自身的發現，而述說
的方式與態度卻離不開總體的修為。那非一般詩人所能做到。阿桃
歌的微詩中，卻多有發現。

　　我很喜歡阿桃歌那些單句長行的詩，如〈丁酉年油桐花記〉這
種述說的風格，頗符合我「以繁複的句子書寫繁複的世相」的主
張。我因之視他為我詩路上的「同道中人」。阿桃歌和我寫油桐
花，都有著揮之不去的哀傷。以下的詩句屬誰的，就不點明了。讓
讀者不認人，讀好詩。

　　　　今年的油桐花在這場雨水中慘白得天都塌下來
　　　　三三兩兩的油桐樹在山野中沿路盛放著這種哀傷

純白是堅硬的，成就了永不落幕的饗宴
今夜千樹如燈，焚燃在我們的沉夢裡

　　　　2018.8.7.立秋日，午後四時四十五分，
於香港炮臺山香港大廈6樓紙藝軒出版社。

韶城明月惠喬詩

　　韶關詩人惠喬嫻雅賢淑，是「五月詩社」的骨幹。立秋後我念想起她和這個山城來。寫「海上生明月，天涯共此時」的張九齡如果生於當世，想也必謬賞惠喬其人其詩，而常携之同遊梅嶺古道。九齡當官，被譽「曲江風度」。九齡為詩，劉禹錫盛贊其「託諷禽鳥，寄辭草樹，鬱然與騷人同風。」他為人熟知的名篇是〈望月懷遠〉〈感遇〉等。〈感遇・其二〉歌詠桔子，是詠物詩之上品。「江南有丹桔，經冬猶綠林。豈伊地氣暖，自有歲寒心。可以薦佳客，奈何阻重深。運命唯所遇，循環不可尋。徒言桃李樹，此木豈無蔭。」猶是我想及惠喬的〈桔子花開〉來。詩人以桔子花開為引，抒寫與寵物狗的情緣。那是現代詩裡極為罕見的題材。桔子花出現在第六節：「那年春天／在露絲的土壤裡／種下了一棵桔子樹／清明時節雨紛紛／桔子花開了／潔白如玉／淡淡的馨香／如同我們純純的情誼」。惠喬的詩，相當的靜。讀下讓人有一種事物皆本然存在的感覺。詩人妙手輕撥，本然存在的桔子花便與這世間情聯

繫上。

收養寵物狗為現代人的典事。對弱勢者，有善者寵溺，有惡者施虐。那是社會世相。面對萬般情狀，文學作品中常見的是高舉道德的大纛作出言說。因為這樣的寫法易於煽情也能攫取道德的虛榮。明初戲曲有徐仲田的〈殺狗記〉，全名是〈楊德賢婦殺狗勸夫〉，表達了「妻賢夫禍少」的婚姻態勢。故事極其動人。白話詩歌中，最為人熟知的是雷平陽的〈殺狗的過程〉。詩人以散文筆法，銳利地描述了一條愚忠的犬如何給殘暴的主人以五刀殺戮。在鬆散的語言內裡處處隱伏殺機。「像繫上了一條紅領巾」（第14行）給出了一個極為震撼的意象。並令一首看似劍有所指的詩出現了「項莊舞劍」的藝術果效來。

可以說是聰敏，也可以說是本性，惠喬寫狗截然有異。我常持一個說法是，世間萬事萬法，詩人寫之不盡，詩歌本來就是一種選擇的言說。如何選擇則體現了詩人的性情與思想。惠喬詩集《詩訪青春》多涉美與善。當然這不表示詩人昧於世間的醜與惡，昧於人性的貪慾與偽善。在大量善美書寫的過程中，可以看到詩人是通過對善美的頌讚來對抗惡質與醜態的社會與人性。詩人不選擇一種「批判」的言說，認為對抗醜惡最好的辦法是親昵自然，親昵倫理。〈桔子花開〉正是儒家倫理「仁民愛物」的體現。我國傳統有於先人墓地種植松柏之習俗，並認為松柏由是更見蒼鬱茂盛。桔子

白花燦爛盛放，正是物我情深的結果。這可說是一篇詞淺意深的佳作。

〈在靜靜的時光中欣賞自己的風景〉體現了詩人的存在觀。「不驕不躁不悲亦不喜／不等誰　亦不為誰／只靜靜的在時光中擁有自己的風景」。詩人也往來於紅塵滾滾，也從蒼生而來。然而詩人有異於眾生則在於發現其屬於自已的世界並寄存於此。惠喬孤芳自賞，不懼於「讓一段美好的時光／在眼眸中靜靜的流逝」。然則她所堅守的世界是怎樣的？詩裡卻未有描述。或許這是詩人固守的一個秘密。八行小詩〈茶園窗外〉卻泄露了部分的答案：

寒冬的清晨

這裡下起了雨

靜倚四合院的窗前

山色如畫　田園如歌

大地在煮著一壺清茶

四面的風送來縷縷茶香

淡淡的　淡淡的

細細品味著生活

光陰的寧靜，環境的寧靜，人的寧靜，一種飽滿的「寧靜致

遠」被描劃出來了。但詩並不到此為止。熟悉古訓的人都知道上一句是「淡泊明志」。詩人寫寧靜背後，是想道出其「志」。一種無紛擾，無求無爭的現代生活。

　　美國當代詩人羅伯特‧哈斯ROBERT HASS說，「當我感到孤獨時，散文和翻譯對我起不了太大作用，所以，對我生活發生實際意義的是詩歌。」（見《當代美國詩雙璧》，陳黎，張芬齡譯，北方文藝出版社，2016.6，頁178）良好的詩歌作為一種藝術創作，可以滲透到生命去，從而變改一個人的生活與氣質。站在外灘，美國詩人布蘭達‧希爾曼BRENDA HILLMAN這樣形容上海，「那些駁船，就像在新舊之間航行，如同詩歌一般。」（同上，頁174）。惠喬居於粵北韶城，這個山城與詩人自是有著難以割捨的密切關連。〈我想寫一首詩給你韶城〉是詩人對她晨昏朝夕的城市的一次真情告白。詩6-5-5-6-5共五節二十七行。第三節定焦於河堤，吟誦韶城的河岸夜景：

　　　漫步河堤　夕陽紅著臉退去
　　　一把椅子兩個老人在看夏夜裡私語
　　　五里亭彩虹橋那五彩的燈
　　　閃亮著路人城裡城外的夢
　　　陪伴著帽子峰廣場的人們舞動著生活美

　　句子優美，令人神往。我每次到韶城，都自然而然地想起這首詩來。我也愛韶城。記得好多年前的一個中秋，獨自浪蕩於韶城，蟄居武江畔小島飯店。白天雇了摩托，沿路探問，攀爬崎嶇山路，終於找到荒野間的九齡祠堂與墓塚。雜草叢生，頹垣敗瓦。令人嘆喟。晚間在旅館倚窗看武江兩岸景色，一輪秋月掛在寶蓋嶺上，感懷自身，一時竟悲從中來。近兩年多次重臨，韶城大興土木，九齡墓也重整修繕，回復風采。我為之欣然。我想，日後如果再來，山水之間，自會念記起這個女子和她的詩來。「韶城明月惠喬詩」，都是令人響往的。韶城有千山，千山有皓月，月下江畔，應有像惠喬的詩人沉吟其中！

　　　　　　　　　　　　2018.8.29. 凌晨2:45，於將軍澳婕樓。

【港澳篇】

詩人畫家張國治作品

馬覺與他的長詩

前幾天晚上，朋友在網上告知我，詩人馬覺走了。我當時在whatsapp回復他說，下個該輪到我了。朋友安慰，不要太悲觀。清水無上師曾批示你有百零七歲命哩！那是因為年前我見了上師，上師反覆說我命愈百歲。算命之事，將信將疑。但我當時這樣說，也是有原因的。七十年代末的一段短時間裡，馬覺常與羊城（楊熾均）、紅葉（陳煜坤）和我相往來，如今他們三人先後遠赴天界，享其清福，則下一個輪序及我，乃天理之所當然。

人的生命都有終極，而長壽是重要的事。馬覺生於1943年，如今得高壽，是值得安慰之處。我與馬覺相識至久而往來不多。兩字記之曰：忙與慵。人生的悾惚忙碌與慵懶被動也影響命。至少因此我與馬覺來往不多。何況古人說，風雲板蕩，衣食惶惶。則能相聚的機會就沒多少。現在同輩的人聚會常聽到的一句話是，能見一次算一次，說不準是最後一次哩！悲夫！王羲之說，「夫人之相與，俯仰一世。或取諸懷抱，晤言一室之內。或因寄所託，放浪形骸之

外。」詩人馬覺，一生大抵是屬於後者。

　　早年的沒有甚麼好說。所有的都將成為過眼之雲煙。除了聚會，偶爾也聽到他的消息。說他家庭不和，恐生變故。說他要搬到大嶼山大澳去隱居。並且後來與那裡的人因為噪音有了爭執。就類似這些，都無關於詩的行狀。老年喜懷舊，我想未必。但老來忘卻許多事情，卻是實情。我都不緬懷過去，只惦念生死之事。想馬覺也應如此！故而逝去的，就不必多說了。要說，說詩。詩比時間永恆。

　　馬覺寫詩逾五十年，但產量不多。他2015年出版的《義裡渾沌暗雷開》還是彙輯1966-67年間的舊作。在本土香港詩人中，馬覺詩歌有一明顯的特色是，寫下了不少長詩。我並由此判定，馬覺是香港寫作白話長詩體最多的詩人。包括：

　　　　〈新寒〉94行。

　　　　〈山僧〉138行。

　　　　〈豹〉分三幕。第一幕145行，第二幕7段+58行，第三幕46行。

　　　　〈城市〉272行。

　　　　〈毀滅，只在沒有春汛的腐朽中〉443行。

　　　　〈隕落之歌〉320行。

〈給莫札特〉315行。

〈異象〉231行。

　　我國白話詩以降，長詩的成績未如理想，創作的人也不多。早期朱湘的〈采蓮曲〉，孫毓棠〈寶馬〉與馮至〈北游〉等，均是較有名的長篇巨製。朦朧詩以降，國內也有長詩的創作出現，而其成績極為薄弱。沈浩波的〈蝴蝶〉便長期蟄伏於我書叢中，未能飛翔。晚近最有名的長詩，當推台灣詩人洛夫的〈漂木〉。個人經驗，白話長詩總是帶來不愉快的閱讀經驗。長詩必然向敘事傾斜。白話詩中要有一個具條理脈絡的詩意，恐怕極難處理。但對長詩，早期詩人卻早有關注。印象中朱自清便好像寫過一篇叫〈短詩與長篇〉的文章。

　　長詩的書寫應注重內容的提取和綴連，與及句子的節奏。因為這兩點都是讓敘事詩避免散文化的要項。讀〈隕落之歌〉，感覺內容的提取與鋪展，詩人確花費不少工夫。讀〈山僧〉，則覺其於節奏的安排，別有心裁。當中有把佛寺的木魚聲作如此處理：

　　　家家非家家非家
　　　非家非家非家家
　　　非非家家家非非

家家非非非非家
非非非家非非非
家家家非家家家
非家家家非家家
家非非非家非非
非家家家家家家
家非非非非非非
家家家家家家家
非非非非非非非
家家家家家家非
非非非非非非家

　　確是玄妙別具心思。總體來說，馬覺長詩具有相當水平，獨幟
於寒愴的香港詩壇中。期待日後有心人能登高望遠，撥開雲霧。不
囿於喧鬧的小丑現身，不惑於二三流的瓦釜噪音，而多關注香港本
土詩歌，並多作研究。

　　這幾年見過馬覺兩次。多年以前，一班詩友相約在沙田中大崇
基校園會面。我們坐在學生飯堂外的木椅上，面對午後一池荷影。
詩人相聚，談詩自是少不免。我們談及一位詩人的散文詩來。馬覺
表示讚賞。我即指出其作品文辭雅致，但情懷矯飾。我剖析其作品

並舉出理由。馬覺說不過我，忽然拋下一句：余光中的詩也很矯飾。馬覺很不喜歡余光中的詩，我不知何故。但香港確實有一些詩人「尊楊（牧）抑余」。我不明所以，也不想羼雜其間。估計就和派別與人脈等利益相涉吧。幾年前馬覺的新詩集《義裡渾沌暗雷開》出版，在旺角序言書室辦了個發布會。我也去了。馬覺於詩，有點執著有點自傲。因為編輯《圓桌詩刊》和國內某些詩刊的「香港專輯」，我曾多次向他約稿，因為他不會電腦，總是把抄寫在傳統四百格的原稿紙上的手稿寄到那時我中環郵政總局信箱去。如果隔一周十天沒見我回音，便會給我電話問詢情況。如今其人已歿，其聲沉寂！憶事懷人，能不愴然而悲！

2018.7.9.午後5時，於炮臺山海景大廈6樓C座。

筆劃如筏，即詩能普渡
略談施維之田園詩歌

　　施維把她的詩集取名為《我想是一朵大紅花》。令我想及一些童稚的語言來。這個沒有現代語感的句子而施維堅持採用，是因為她具有一顆永不凋謝的童心。明朝大臣李贄對文章創作曾提出過「童心說」。當中有「夫童心者，絕假純真，最初一念之本心也」。以此解讀其詩集名，便明瞭其意在對初心的堅持，而非淪落幼稚之病。當中精妙處，在一「想」字。我是一朵大紅花，為童語，著一想字，則為成人之話語。一字之師，足窺詩人巧妙之心！

　　認識詩人施維時，同時認識了「待渡亭」這個詩歌團體。「待渡亭」這三個字我特偏愛，其與我的詩觀相近不欺。我主張詩歌為先對自己的救贖。詩歌思想上所抵達的終極處為「人文關懷」，其與佛教的「普渡眾生」相類而相通。兩者並有「自渡渡人」之意。而事實上也真有「待渡亭」，在鎮江西津古渡，為古人迎來送往等待擺渡的一個江邊亭子。然則「待渡亭」這三個字，既有歷史之厚

重，復具文學之韻味。現代詩社以此命名，則於亭下避雨的諸君，均為雅士文人無疑。施維則為其一。她於中山南朗鎮開設農莊，日常置身萬頃農田，秋雨春淋，耕莘栽種，以此為樂為業，自命為「田園詩人」，乃知當非虛榮而為實譽。

　　得為詩歌的「救贖」作一解說。我認為現代的都市人都有不同程度的迷惘與迷惑，原因是內心的虛怯與外境的巨大。一生一世，如夢初醒，斯之謂也。詩歌之廟堂（即文字）一經邁進，若繼而得道，則逐漸能抹拭在思想上的屬雜，尋回自我之真。這即詩對個人之「救贖」也。其在救贖過程中所存留的文字（文本TEXT），因其為真，便同時具有善與美。這種文字，我在詩裡喜稱其為「經文」。關山難越，失路之人讀經文，自可能也得到救贖。這便是詩歌自渡渡人的救贖意思。

　　以田園為生活重心的都市人罕見。施維卻是其一。這是她詩歌創作上的優勢。詩集中以田園為題材的作品甚多。田園詩為中外常見的詩歌品類。同涉「籬笆」。我國陶淵明的「采菊東籬下，悠然見南山」十字，始於農務而終於心境。美國詩人狄金森EMILY ELIZABETH DICKINSON的〈籬笆那邊〉（見《狄金森詩選》，江楓譯，北京中央編譯出版社，2004年），如後：

籬笆那邊

有草莓一棵

我知道，如果我願——

我可以爬過——

草莓，真甜！

可是，髒了圍裙——

上帝一定要罵我！

啊，親愛的，我猜，

如果他也是孩子——

他也會爬過去，如果，他能爬過！

　　此詩始於欲望的克制而終於對宗教的戲謔與嘲諷。可見無論中外，田園詩均不止於對自然或農事的描寫，而應抵達更深遠的領域。換句話說，即始於自然而終於人文是也。施維詩集裡描繪田園的詩不在少數。〈白露〉中有「菖蒲上一滴白露，送別了遠行的炎夏」。不諳農事的都市人不知菖蒲，故而不易明瞭詩句所寫。菖蒲與端午節有關，用以辟邪去惡。明朝唐寅〈畫盆石菖蒲〉有「呼童摘取菖蒲葉，驗到秋來白露團」句。施維淡筆寄託遠行，曲盡情致。遠行的炎夏，指我在炎夏的遠行已為往事，季節又秋了。

　　詩人說「假如將人分成顏色，我堪稱是徹底的淺灰」（〈淺灰〉）。我詩歌的關鍵詞同樣是「灰」。但有趣的是，我對灰的描寫均由城市與現代人間切入，於我而言，那是一個緊要的視角。而施維卻在城市之外，她的切入點是自然，卻有現代味況。

　　那數不盡的淺灰，是烏雲背後的忠誠

　　烏雲背後的忠誠，所指為何，並不容易解讀。我認為KEY WORD是「背後」二字。詩人居田野間，深覺時節有序，萬物無欺。反觀世人，其色燦然，其貌爍然，卻是虛偽的。不若灰色雖不顯眼而忠誠不誤。詩句淺白而含意深如淵藪。

　　我家陽臺種植曇花，數年來數度開花，我都無緣一睹。施維有幸得睹曇花一現，深覺難能可貴。始於花季短暫之嗟嘆，而終於對詩歌的體會：

　　　不可言狀的緣，沒有預兆，
　　　把你送到我的面前。
　　　那一觸即發，難以描述的震顫，
　　　封鎖了我笨拙的言語。

在自然的奇妙與偉大之下，巧言的詩人也見笨拙。詩歌書寫與自然萬狀的關係若此。前三行描述了時光之瞬間，歸於末句的覺醒。這是遠離機械的田園詩人的獨特體悟。〈酷熱〉的「歲月在長庚星之側悄然布局」，也惟有田園詩人方能揮就如此華美詩句。

我不知韋陀花是怎樣的植物。但我聽過「曇花一現，只為韋陀」的佛偈。那是一個淒美的愛情故事。維基百科說，韋陀花即曇花，我遂恍然大悟。也明白了施維以「靈光乍現」來形容韋陀花的緣故，明白「枯等來生的你」的因由。詩的第三節這般寄託凡塵，讀之令人嗟嘆：

> 順從天意！就這樣，
> 結識了翩飛而來的你。
> 我的世界，沉睡的火種被喚醒，
> 棲息詩意的記憶之庭，綠草如茵。

我特別欣賞末處「綠草如茵」的寫法。那是一種詩歌呈現事物而非道破事態的述說方式。那背後有詩人對客境萬象的取捨與堅持。意思是記憶正蔓延如天邊春草。我一貫主張詩歌述說必得穿越世相而抵達到一個詩人營造並符合世相的客體上。合情成理，如此詩方才具有較大的感染力。這裡施維作了很好的嘗試。

　　城市發展摧毀自然莊園，機械怪手，好比現代之恐龍，踪迹無
處不在。詩園荒蕪，田園詩應如何自處，是個極大的課題。當然人
心因機關而狡黠，而偽善，更是詩歌的天敵。人與自然的關係已無
復古人「與萬化冥合」的情懷。且看施維的〈我的雙手在下雨〉，
第五和末節：

> 我手中捧著的星星
> 光亮在慢慢地
> 慢慢地變淡
> 直到變得無影無踪
>
> 陽光透過樹葉
> 我的雙手下雨了
> 淅瀝瀝
> 嘩啦啦

　　前節寫對星光也即對某個夜的眷戀。陽光透出，星光黯落，乃
自然規律。後節詩人巧轉筆鋒。四野明媚，是事實，但雙手卻握不
住想挽留的，一個人，一件物，或一夜纏綿。平凡用來形容雨聲的
「擬聲詞」，在這裡讀出了無窮韻味，先哀愁而終傷痛。六個生活

詞藻在此，成了極佳的詩歌語言。

　　很少人知道施維是香港詩人。她另有筆名「獒媽」，因為她曾是藏獒的飼養師。拈一「媽」字則可知其與自然之倫理。禽畜與草木同為自然，而更完整地出現在施維的生活經驗中。然則施維「田園詩人」之美譽實非標奇之事，而為名實相符的詩壇佳話。我讀施維田園篇章，糾結在世間難捨的塵世、紛紜的情仇裡，並不曾止歇於恍惚的行旅中，在待渡亭上，等待彼岸的擺渡。亭外水色山光，和風細雨。施維之詩有若此擺渡，既能讓詩人自己溯迴從之，為水中央之佳人，也能讓痴迷之讀者，如嘗清冽之泉，沐柔和之風，洗滌凡俗之心靈！

　　田園之外，施維仍有另外的書寫。本文只涉田園之詩，行不由徑，以此窺探詩人的精神面貌。是為序。

　　　　　　　　　2017.11.21子時，香港新界將軍澳婕樓。

江沉十九首

　　詩集《鑑石》，作者江沉與李藏璧，1967.7由中柱文社出版，售價港幣二元。全書厚114頁。收錄江沉詩19首，李藏璧詩19首。在詩輯前，有兩人合序，說「詩是生活——石中的寶玉結晶，便拚命的撿石找尋，或者把自己生命路旁拾來的粗糙不堪的石子刻意雕琢，變成以為中的寶石，這年輕而幼稚的過程，也許算是鑑石兩字的真意。」書名讓我想及「玉隱於石」這個詞語，實在饒有意義。

　　江沉十九首，依序分別是〈歲月〉〈離歌〉〈五節〉〈贈友〉〈八月〉〈黃葉〉〈守路者〉〈第一箭〉〈等你，太倦〉〈緣〉〈癯冷的怯魂〉〈搜索〉〈再陷〉〈四月以後〉〈宵禁夜〉〈綠〉〈棄〉〈慈雲山〉〈焚琴客〉。均為1966.5.1到1967.6.28之間十四個月內的作品。

　　1967年我於九龍何文田基督教諸聖中學唸二年級。那年香港發生了「左派六七暴動」。港英政府實施戒嚴令。下課後便得趕及宵禁前返家。那段日子，我拖著大妹的手沿豉油街回家，穿越彌敦道

時，已有防暴警察拿著催淚槍立在十字路口的鐵馬前。氣氛異常緊張。那年我十三歲，在父親監督下，已背誦了幾十首唐詩。但仍未有寫詩的想法。而詩人江沉這時，卻寫下了〈宵禁夜〉，為五五詩體，五節各五行：

　　路燈慘罩寂靜
　　街衢如蛛網凝愁
　　今夜　宵禁之夜
　　撥開煩塵而揣摩回憶
　　以垂簾聽雨之懷

　　遺落在幽暗的
　　揭翼而至：
　　倚欄的迷茫
　　山風的淒冷
　　不熄如焚滅榴花

　　是八月
　　蟬與禪皆暗寂
　　芒鞋踩碎孤島的月色

哭染霧靄　哭死鳳凰
哭涼夏之冉冉微溫

而草不青　而星不明
無言的戰慄泛起
沉下。左右遂築起峻冷銅牆
在詭冥之夜　閃電之夜
坐姿竿直如科柱

為影覓我　覓我於影
以永恆鬆解靭緣千結
看如今　宵禁夜
臨街默謐
對岸的燈海依然

　　宵禁令一個城市陷於死寂。此詩自外境而進入內蘊，寫出一個面對動盪時代手無寸鐵的書生的嗟嘆。這種對政治事件（時事）的書寫，詩人可以作出對政權的批判，也可以像江沉這樣，把對錯交付茫茫歷史，而寫當下情懷。這並非道德勇氣的缺席，而是詩人明瞭「孤臣無力可回天」的殘酷現實。把批判讓給歲月。詩頓落有

致，如一錘一錘的敲打，形式與內容極其配合。白話詩並無書寫時事的強大傳統，這首詩以六七暴動為題材，極為罕見，也特別值得珍惜。

那個年代香港社會比較貧困，而詩歌受台灣現代主義影響。大陸鎖國，台港詩歌如兄弟般的風格。籠統來說，江沉的詩屬現代派作品。與其時台灣流行的現代主義詩歌風貌相近。現代派肇始於象徵主義，「象徵主義詩學給現代審美帶來新的突破，使詩歌不獨推倒了第四堵牆，而且拆去了所有人為的牆，宇宙的普遍完整的景象不再支離破碎。」（見《法國象徵詩派對中國象徵詩影響研究》，陸文繡著，頁12）江沉十九首，均離不開象徵手法的運用。實為時代影響所留下的痕跡。

相對於〈宵禁夜〉的社會性，〈守路者〉則是一篇稠濃至極的愛情詩。詩的收束，竟然引用了英國浪漫派詩人JOHN濟慈〈冷酷的美女〉的兩行：

La Belle Dame Sans Merei

Hath thee in thrall

〈守路者〉的寫作源自濟慈這首詩，殆無異義。可視作東方版的〈冷酷的美女〉。英國文學史對〈冷酷的美女〉的推崇極高，詩

寫於1819年，凡12節每節4行，出之以民謠形式。評論家袁憲軍在
〈濟慈「冷酷的美女」的反諷解讀〉裡說，「濟慈的敘事短詩〈冷
酷的美女〉La Belle Dame Sans Merci以其神祕、晦澀、歧義著稱，可
謂濟慈最難解的詩歌之一。」（見《比較文學與世界文學》2012年
1期，北京）〈守路者〉凡6節每節4行，篇幅恰為〈冷酷的美女〉
的一半。愛情與死亡總是結下不解之緣。兩詩均具有「美女誘惑男
子並使他走向毀滅」這一相同的主題。而〈守路者〉所描述至死無
悔的愛尤甚於濟慈。且看〈冷酷的美女〉第11節寫男子如何在愛的
覺醒中受難：

> 在幽暗裡，他們的癟嘴
> 大張著，預告著災禍；
> 我一覺醒來，看見自己
> 躺在這冰冷的山坡。

　　這是查良錚的譯筆，他把詩題譯作〈無情的妖女〉。而江沉
〈守路者〉第2節寫愛情在夭折後的慘況：

> 蹈十八層地獄
> 該易於闖這時間窄門

門擠滿回憶，縱有
基督的神透，也難超越

雖九死而猶未悔。所謂守路者，即在黃泉路上仍守候所愛的來
到。這是何等的淒美動人。象徵手法的運用，兩詩雖有所不同而
各擅勝場。濟慈以「花」（百合）與「洞穴」，沉江以「月」與
「城」。且看：

（濟慈詩句）你的額角白似百合
I see a lily on thy brow,（第3節第1行）

百合有貞潔與慾望的象徵。

（江沉詩句）我尚年輕，而我的髮白／似絲絲月光（第3節
第2/3行）

月光有思念與時間消逝的象徵。

（濟慈詩句）她帶我到了她的山洞
She took me to her elfin grot,（第8節第1行）

山洞既有性慾的暗喻，同時讓人想起柏拉圖的「洞穴理論」，離開洞穴既是人類文明的開端，又是男性脫離子宮自我旅程的伊始。

（江沅〈異象〉詩句）曾憑此道入古城／你的美是古城，重重困我（第6節第1/2行）

古城既寫所慕之人具傾城美色，也暗寓曾經與她的愛的發生。

如此讀詩，真是妙趣橫生！〈等你，太倦〉也是象徵主義風格的愛情詩，第四節的「等霧霽，等你，太倦／而第三百六十束花已凋萎／銀河仍清其未極／朦朧如你的睫影」。詩人以其為一個象徵主義者的身分，拉開了他與世界的帷幕。故而守候的心雖是個人的，卻與自然，時間以至宇宙息息相關。〈慈雲山〉是一首地誌詩。詩後附錄相關的簡介，「慈雲山在九龍之東。上有觀音廟堂，傍獅子山，背沙田，臨鬧市。」詩人以慈悲之心記下蒼生之苦，有「鴿籠的一格之內／每夜有寂魂臨窗遠眺」，並控訴貧富懸殊，「這兒是徙置，這兒是工業／這兒是鬧市／林臺樹影陰著的，是富豪住宅／以透明而不可越的氣牆相互隔絕」。這完全是一個象徵主義詩人對現代文明的觀察。我想及波特萊爾筆下所描述的巴黎街道來，他把一個大都會描述成沉淪的城市，把巴黎人視作「異化的

人」，而自己則是遊手好閒者。江沉之詩，涉及城市時，隱約也有這種味道。

　　江沉是前輩詩人，我不認識他。這裡的十九首，文辭典雅而意蘊現代，筆法審慎，讀出了詩人創作時那種細密的心思。這些詩有其技法，或有人貶之偏重技巧陷於虛情假意而不自知。像〈焚琴客〉的懷人，「且步落葉而回／到峭壁之緣焚琴傲笑」，〈贈友〉的自傷，「樹下的濟慈已死／何苦再灑鶯音」等，會被譏為裝模作樣，斧鑿太深。但詩之為藝術品是容取雕琢的，關鍵在其刀法如何，有無損及自然。田黃壽山皆自然之物，玉隱於石，一經開鑿，灼灼其華，復予大師之功，神刀鬼斧，成就絕世奇珍。書名「鑑石」，便隱喻了一種詩觀。

　　　　　　　　2019.3.16下午1:30病中，於將軍澳婕樓。

香港詩壇的休斯
談李藏璧幾首動物詩

《鎖禁的美麗》是詩人李藏璧第三本詩集，收錄詩作四十五首。他的前兩本詩集分別是《水淡雲濃》（2017）與《今晚且乾杯》（2018）。前者收錄56首，後者收錄51首。換句話說，這三年間，藏璧共得詩約百六十首之譜。我初翻藏璧之詩集，有「明快」與「乾淨」的印象。明快是手法，乾淨是語言。可見藏璧之詩，已到了一個相當不俗的地步。但仍可再進。

這本《鎖禁的美麗》書名極佳，頗有生而無奈之嘆。「美」為詩歌共同追求的藝術準則。但於美的定義卻各持異見。此處拈出「鎖禁」一詞，則是詩人對美的界定。若以女子作喻，則如日本女優山口百惠。但山口百惠於詩人而言，必得具一種鎖禁的存在狀況方顯其美。此也是審美的距離。詩人生於四十年代，於今已屆七十餘高齡。對人間美有如此悟與嘆，也是一種智慧。我一直認為「詩乃智者善為之事」，而平庸是詩歌的天敵。且舉〈鷹〉為例。麻鷹

為香港常見受保護的野生飛鳥。以此為詩，自是詩人對自然的一種
認知。如下：

　　總是踏著虛空總是逍遙
　　飛　　飛　　飛

　　滿眼是雲影霞影的青天長天
　　悠悠渺渺
　　騁馳無垠誇展著豐碩胸膛
　　兩公尺赳赳的翅膀昂迎颯颯烈風
　　似鋼刀橫強的銳爪耀映著陽光
　　精明剽悍無匹的眼神
　　猛獅搏兔般懸河急流俯衝　一瀉千里

　　又時而側傾兜轉回旋
　　間而振翅翱翔　吭嘯一聲
　　縱橫大地　視穹蒼如無物
　　橫空的霸主啊

　　命運卻是一支最銳利的箭

　　猶如　猶如很多英雄殞落的故事⋯⋯

　　詩前三節與末節分為兩部分。首節與末節的跌宕極大，這是鋪張所帶來的藝術果效。二、三節以細筆描寫鷹之雄姿。詩的取意是，窮途末路是英雄的宿命。讀到末節，我悠然想及當代英國詩人休斯Ted Hughes，1930-1998的成名作〈雨中的鷹〉The Hawk in the Rain來。無獨有偶，休斯筆下那頭大雨中捕獲獵物的鷹，其下場則是藏壁所說的「英雄殞落」。〈雨中的鷹〉4-4-4-4-4五節共20行。且看末節：

　　　不測的風雨，遭遇氣流，從高空被拋下，

　　　從他的眼中跌落，沉重的雲撞擊著他，

　　　地面將他捕獲；天使的圓眼睛

　　　碎裂了，他心臟的血與地上的泥濘混在一起。

　　　（張文武　譯）

　　智慧的詩人其著眼點總是雷同。凡人只看到鷹的自由與桀驁不馴，而忽略其慘澹結局。但兩詩的視點各異，藏壁是仰望雄鷹翱翔，哀其末路。休斯寫鷹，以其當下處境為類比。因為此時「他」雙腿已陷入「雨中的耕地」，嗅到了「墳墓的氣息」。評論家陳紅

說：「浸染鮮血的泥土和鷹那漸漸熄滅的生命之火都讓人聯想到一戰中困死於戰壕或被敵機炸死的士兵」（見《特德·休斯詩歌研究》，陳紅著，華中師範大學出版社，2014.11。頁18）。休斯之作，劍有所指。而藏璧之詩，回歸自身。哀鴻圖未展，翅（志）不能伸。

　　晚飯桌上的烏頭魚也成了詩人筆下書寫的對象。詩題已屬不凡──〈那尾烏頭躺在碟上〉。烏頭原應泅游於大江大河，如今卻為盤中殤。這裡，人的口腹之欲與物的微薄之命被寫成了傑作。且看：

　　　　黃膏油　混合濃濃紹興酒
　　　　檸檬香　盈溢一桌
　　　　舉筷嘗一口　頂好鮮美滋味
　　　　然後　急急匆匆再下箸兩口

　　　　麻木無光無神泛白白浮呆呆的雙眼
　　　　皮爆肉裂　黑色壯厚脊背
　　　　無力躺在硬實實的大碟上
　　　　拌勻些糖　醃浸些豉油醬汁
　　　　幾乎忘記了　你叫什麼名字

無人稽究關心　你如何遭遇且不幸

也曾掙扎啊傷痛了多久

是否落在緊纏纏的繩網

或者扣在那倒豎尖刺狠辣的釣鈎

真的忘記了　你來自那個江湖

一葉舊報紙包裹你的死氣與殘餘

丟掉你骨棱棱的頭共尾

今晚剛用白菜價錢就買你回來

任我宰割劏屠　滿足我食欲口腹

反正　天地人間　神明及上帝從不過問

什麼是生命　可憐和悲憫

　　詩四節，精采在末節。詩人在事件上把自己定性為「劊子手」，殺戮無辜的生命，而只為個人「食慾口腹」。詩的立意值得深入探討。（Ａ）詩人坦誠於己，並不忌諱殺戮之惡。更揚言刀在我手，神佛也莫奈何！與詩人性善而憐憫蒼生之情相悖。（Ｂ）詩赤裸裸地表達以強凌弱的人性之惡，享樂至高，自私為尚，並無傳達絲毫愧疚與自省之意。其薄涼與詩歌終極的人文關懷背道而馳。從詩教角度而言，這無疑是一首離經叛道的作品。

　　此詩首節炫耀廚藝，二三節描繪烏頭（受難者）慘況與身世。都為末節意旨鋪墊。藝術上這也是一種「美麗」。如果我們認同本詩集名「鎖禁的美麗」為詩人於美的孜孜以求，本詩所揭示的「真」卻又如此醜惡，則我們必陷入評論家梁宗岱在《詩與真》裡所說的，「自從柏拉圖以詩乃神靈附身，以文藝是否揭示真理作為衡量詩歌與悲劇的尺度，而亞里士多德卻以文學乃製作之物，且服從於自身的美的規律，為西方文學思想確立兩個不同的淵源以來，後世的文學理論就一直陷於詩與真，還是詩與美的論戰之中。」一直到象徵主義的出現，在某種程度上否定了「神啟之真」，而還原事物的「本源之真」，並成就了「以醜為美」的藝術審美價值。象徵主義無疑粉碎了人們對自身的「神化」。評論家陸文綪說，「人的有限性，命運的不可知性，死亡的不可拒抗性，以及內心翻騰著的憂鬱、孤獨之感，使每一個面對真正世界的藝術家，不能再唯美下去了。」（見《法國象徵詩派對中國象徵詩影響研究》，陸文綪著，四川大學出版社，1997.1。頁22。）藏璧此詩的烏頭魚，於世相的揭示極深，值得反覆細嚼！

　　集內四十五首詩，有一首是贈予我的，題〈給秀實──那只非常孤獨的貓〉。這是一首4節4-4-4-4共16行的小詩。我十分偏愛如此的述說，那是詩人的智慧在書寫，不在內容。詩後的「注」觀人以微，「一個擁有灰色和彩色超現實夢的作家，詩句中的語調充滿

人生無奈和輕嘆，亦帶點流浪天涯歌手的氣質。」寥寥數語便道出
我詩歌的特質。這是對繁複事物的高度概括力。當我讀至第2節末
行「也不知將來的命運怎樣和你算帳」，為之悚然震驚。因為這確
是我於命之憂心忡忡。詩含意深刻，其情為我欲抒之情，其哀為我
懷抱之痛。詩中的「枯乾的井」「深巷」「荒原」，恰恰是我當下
之處境──思想上所築構的絕域。詩中所涉及的貓，藏壁未曾見
過，筆下竟傳神入髓。可見詩人是從我身上解讀一頭素未謀面的
「獸」，故而才有「只賸下一隻貓　及牠的自我」如此精警之句。
我曾把詩集《與貓一樣孤寂》相贈，這是詩人讀我詩集後有感之
言。交淺而能以詩相知，其為藏壁兄乎！

　　寫貓，集內還有一首〈小貓咪〉。首節有「夜色已垂下／墜落
在窗簾　又墜落到你的眼簾／你像被催眠　眯成一縫線」之句。與
〈給秀實──那只非常孤獨的貓〉末節「它的瞳孔永遠永遠眯成一
線／緊閉的　日與夜彷彿糾纏不清」。兩詩都寫到貓之瞳。由是我
想及薩格以「自然中心思想」評論休斯的詩作時說，休斯書寫動物
的作品離不開對動物眼睛的關注。並經由此融合了自然與社會，自
然與歷史，而達致人文關懷。更為巧合的是，兩人以動物為書寫的
作品不多，休斯詩集《雨中的鷹》裡，只有〈雨中的鷹〉〈美洲
虎〉〈金剛鸚鵡和小小姐〉〈馬〉〈神思狐狸〉等幾首，而藏壁
《鎖禁的美麗》也不過是〈鷹〉〈小貓咪〉〈那尾烏頭躺在碟上〉

〈給秀實——那只非常孤獨的貓〉等寥寥之數。如此美譽可否：詩人藏璧，其為香港詩壇之休斯乎。

　　李藏璧早於1967年已與江沉合著詩集《鑒石》，在超逾半世紀的詩歌創作里程中，他一步一腳印的走來，未曾放棄。其人平實，其詩規矩。南朝劉勰《文心雕龍‧卷六定勢》有說法，「效奇之法，必顛倒文句，上字而抑下，中辭而出外，回互不常，則新色耳」，又說「淵回似規，矢激如繩」。新詩常打破語法規範，以求新奇。藏璧之詩，情真意切，惜略欠成勢。這是他日後登高階而當審視之處。

　　　　　　　　　　2019.4.16上午10:45於將軍澳婕樓。

敘事的述說手法
談2017年澳門文學獎新詩組得獎作品

　　澳門新詩呈現出很強烈的地域性來。其最為明顯的是，一種敘事的述說手法。

　　所有的文學作品無不在述說。詩人以其獨特的文字通過述說方式，向讀者（包括詩人自己）呈現出一個其可信的「真相」來。在澳門寫詩，最大的困擾是，「世相」太過強烈的植根於每個人的心裡。葡萄牙殖民地，東方賭城，合法溫柔鄉三者交互築構而成的一個空間。明亮中的燈火與陰暗中的喘息，讓你逃不出這個小城來。澳門詩人要把詩歌寫好，其潛藏最基本的困難是，撥開這紛紜的世相，尋出背後的真相來。否則其詩歌，便一味疲於奔命地捕捉那無盡的聲色喧鬧或黯黑冷漠。我看到不少詩人意識到這一境況，刻意地避開那些巨大的壁壘，而走進一些彎曲陰暗的巷道裡去。而我得說，那樣仍是不足夠的。因為其結果仍是「走不出來」。古巴評論家卡爾維諾 ITALO CALVINO以「迷宮」一詞形容當下現代人生存

境況，他指出城市人的空間是由彎曲糾纏的窄巷與掘頭巷組成，他們疲於奔命最終卻找不到出口。他所倡議的「空間詩學」，正正道出了這一原委來。

敘事的述說手法常與歷史一詞相關。澳門是有「大歷史」的。維基百科有這麼一段：「明朝中葉的1557年開始被葡萄牙人租借，但明朝設置官府管理。直至1887年，葡萄牙與清朝簽訂有效期為四十年的中葡和好通商條約（至1928年期滿失效）後，澳門成為葡萄牙殖民地。1980年代，葡萄牙與中華人民共和國共同探討澳門前途問題，其後於1987年簽署中葡聯合聲明，葡萄牙根據聲明於1999年12月20日將澳門主權移交中國，實行一國兩制。」這150餘字濃縮了澳門與眾不同的歷史光影。詩人書寫的對象容易觸及這有故事的客觀事物，於是一種敘事的述說手法便常在不自覺中出現。

優秀獎〈記錄・歷史存在的一瞬〉竟追溯至公元前6000年。詩人在注釋中作出引證：「經過多次對澳門路環島黑沙遺址的考古發掘，發現彩陶、白陶、石錛、石英環玦和轆轤等，證明澳門地區的史前文化是與廣東省珠江三角同屬於一個區域文化體系。」這反映了詩人看待詩歌創作的嚴謹態度。詩作的時間跨度極寬廣，實在不利於敘事的述說手法。詩以「序詩」「公元前6000」「公元1553」「公元1639」「公元1787」「公元1849」「公元1961」「公元1999」「結語下的新序章」分為九節。皆浮光掠影的描繪。但某

些細微的處理仍可見，如結語就有重新啟碇的祝願！

　　冠軍〈野蠻便利店〉是一首散文詩。我為散文詩下最新的定義是：和其他文類一樣，散文詩仍是兩腿走路，只是它另有一雙腿踏在原先的兩腿上。散文詩作為詩歌品類之一，以段落的形式呈現。其特色是有利於敘事。而其敘事的脈絡是板塊結構，與散文體的線性結構有異。這在不同的板塊間才容易出現我們對詩歌語言所要求的「意象語」來。此詩「分店101」各段落間即是板塊的縫合而非一種順勢的脈絡。其一明顯的區別是，某些地方板塊並無明顯的順序。像第12與13節：

　　　　我們習慣把手伸到便利店貨架的最後，堵著巴士的入口，死坐在二人座椅的最外頭；我們從不為他人按著大門和電梯口；不為乞丐不為愛久留；

　　　　我們白天堵著馬路黃昏用垃圾午夜用雞巴堵著城市的嘴，在裸聊中用電子貨幣打賞二次元的巨胸妓女；在無人便利店作戰，我們戴著希望的面具交換毒品我們通宵搶購成人玩具。

　　整首作品充滿嘲諷與憤慨。詩人對這個城市的定調是「澳門是

一座孤獨的無頭石窟,忘記善良為何物」。隨後詩人回歸到自身的書寫,說「奧斯維辛之後寫詩是野蠻的,洪水後寫詩是野蠻的」。集中營的屠殺與洪水的懲罰,是因人類行惡而出現。面對這種種,詩歌便顯得軟弱無力,故而在某種情況上說,在這個時代仍然在寫詩,也是野蠻的。它只是代表一種言說,一種袖手旁觀。善良之於行為是利人,進入便利店的人無不尋找自利。此詩自有其明確的主題。

亞軍〈消失的聲音〉更標明是敘事詩。詩歌寫三種聲音:雞鳴、蟬叫與狗吠。詩人通過對一些瑣碎舊事的回憶與複述,進行一次古今對接,並思考個人存在的處境。「雞鳴」有「黎明早已沒有雞/窗外只有奔往市中心的汽車聲」的失落。「蟬叫」句子特佳,意象稠濃,有「回家的路白茫茫/前方的麥穗,也連接著麥穗」,詩人藉其對巨大事件的反思,尋找迷宮中的前路。「狗吠」收結的「我便是那條狗,你知道的/我便是那具屍體」讓全詩有了不一樣的讀法。在詩裡,三種動物始於寫實而最終都成為象徵。這是敘事詩之必要。

敘事的述說手法還有一個特徵是,長篇的傾向。冠軍〈野蠻便利店〉2086字,亞軍〈消失的自然聲音〉1503字,季軍〈憂鬱之前,我們回收了整個城市〉416字,優秀〈雨錄〉440字,〈偽墓志銘〉為圖像詩,不統計字數,〈手機雜想二十四節〉4263字,〈給

詩人陶里的信〉593字,〈紀錄·歷史存在的一瞬〉2867字。其情
況與現在大陸流行的微詩,臺灣流行的截句與漢俳,大異其趣。當
中,圖像詩〈偽墓誌銘〉因其別樹一幟,值得談談。圖像詩的精髓
是以相等的文字堆構形狀,有類於傳統民間玩具積木。在外形上與
某物相似。這是一種文字之趣。隨著電腦發達,後來更有製作成
FLASH動畫的詩作。其文字不停在熒幕上挪動,利用文字產生畫面
的效果。當然玩弄文字至此,已是捨本逐末,走火入魔的了。臺灣
詩人評論家張錯在《西洋文學術語手冊·具象詩》中說:「利用文
字本身所構成的圖像,而不是意象,呈現出其意義……因為具象詩
訴諸視覺,往往不能誦讀,而需用心眼把圖像捕捉拼湊起來。」
(頁63)此詩模擬一個十字架墓碑。書寫於其上的,當然是墓誌銘
了。但與一般圖像詩不同的是,詩歌的文字以類似印刷上的「反
白」,更確切的是,以篆印中的「陰文」來處理。旨意明言在其中:

> 澳門首家線上賭場上線了!
> 最後一家實體書店結業了!
> 1999.12.20-2017.8.23.澳門

　　對比異常的震撼。當然,這是實體書店的墓碑。前一句紀錄了
它的死因。令詩人為之悲痛。圖像詩而有如此藝術果效,實屬上乘

佳作。

　　八篇獲獎詩作，均有其亮眼之處。既具澳門詩歌地域色彩，也兼有詩歌的不同品類。從這幾篇詩裡，我讀到詩人對存在的迷茫。但我得說，迷茫其為生命的本質。詩人得進入其中，讓生命體能確切地存在。相較於其他城市，澳門詩人面對的就是個迷宮，他們宜於實踐空間詩學。

　　　　　　　　　　　2018.7.6 夜11:45，於將軍澳婕樓。

未有不一者也
路雅《隨緣詩畫集》中的題畫詩

　　路雅《隨緣詩畫集》分兩部分：25首四行詩配以水禾田畫作，21首五行詩配以姜丕中篆印。是即本詩集具有兩大特色：小詩之形式，與其他藝術品並列之「對話狀況」。本文專論詩與畫的部分。

　　這幾年詩歌的文本解讀陷入一個極其混亂無序的狀態，真正符合詩歌藝術審美的作品，就如滔滔洪水中的幾株呼喊的手，難以施以援助。真正的詩歌在惡劣的生存狀態下，常因免於溺水而對其存在態勢作出多方的探索。因為城市人時間的匆忙，詩歌便有愈寫愈短的情況。晚近台灣詩壇有人舉起「截句」旗幟，登高一呼，便引來八方響應。主張截句的詩人溯源文學長河，穿鑿附會，尋求傳統上的認同。其實說穿了，便是文學向現實低頭的託辭。因為截句由1-4行而成，正符合時間匆促而八面玲瓏的現代人。另一方面，長久以來不同藝術品類的混搭一直存在。古人便有「書畫同源」「禮樂一家」的說法。宋代文人畫以山水為大宗。畫，書法，篆印，詩

歌常同時出現在一張掛幅之內。各具其美而又互補相依。這是傳統文學藝術的生存態勢。

　　詩集裡與畫相配的25首詩，有三個特色。其一，詩題均是兩字。其二，都是6-4-4-6的20字四行結構。這是詩人自創而自我遵從的「格式」。其三，每首詩的尾行均為下一首詩的首行，令25首詩出現連環互扣的情況。這讓我想起漢俳中的4-6-4與5-7-5的兩種形式來。漢俳源於日俳，而日俳除了形式上的限制外，還有其他藝術上的審美要求，如「季語」「切」等。我們反對純粹形式上的漢俳，原因在此，因為詩歌決不能落入形式與格律之中，要能在相應的格律中孕育其生命。俳句特別重視生命哲理「吟詠當下」的美學，即其「詩魂」所在。而並不徒流於形式的規限與仿效。路雅的這25首詩，確有其於形式上強烈追求的旨意，而也必得有其「魂」在，不然將是一票遊戲券。

　　詩魂即詩之內蘊。內蘊可以是真相，可以是哲思，可以是神韻，也可以是意境。那是存在於文字背後的，能讓文字有呼吸。用法國評論家凱盧瓦Roger Caillois的說法，是「以新的角度來回應主觀性與客觀性之間的關係，表明外部環境umwelt與內心世界innenwelt的同質性。」（見《文學的危機》，刊《文字即垃圾》，白輕編，四川：重慶大學出版社，2016.8）。在這25首詩裡，其外部環境即「畫圖」。這是25首「題畫詩」。

　　蘇東坡的〈虔州八境圖序〉（見《東坡小品》，陳邇冬選注，當代中國出版社，2018.4）是一篇很厲害的小品。他談到了寫作上至高的法則來。並涉及詩與畫兩個藝術品類之相通處，較之一般說法「詩中有畫畫中有詩」更為深入剴切。虔州八境圖為太守孔元瀚所作。東坡受命題詩於其上。詩畫相映，東坡說：

> 苟之夫境之為八也，則凡寒暑朝夕，雨暘晦冥之異，坐作行立，哀樂喜怒之變，接於吾目而感於吾心者，有不可勝數者矣，豈特八乎！如知乎八之出乎一也，則乎四海之外，詼詭譎怪，禹貢之所書，鄒衍之所談，相如之所賦，雖至千萬，未有不一者也。

　　這裡談到了藝術創作上的局限，是世相紛紜無窮，不能盡寫。虔州（今江西贛州）一隅之地，但又豈止於八境。藝術家如果只寫世相，則無異疲於奔命。其法是我們要尋到那個「一」來。此即真相，也即是紛紜世相背後的發現，這是心，是作品的魂之所寄。水禾田的畫以西洋技法寫山水人物，其形其色其幽明幻化出無限的組合，詩人路雅以文字作連環相扣，其意即在「存乎一心」也。只要有了真相，世相萬物莫不周而復始。25首題畫詩第一首是〈晚禱〉，最末是〈消失〉，且看：

一壁日影滑斜（首行）

孤雁南飛

天涯靜寂

林內滿鋪星光

雨中橋上人渺

舊事如煙

落花無痕

一壁日影滑斜（末行）

　　當中的23首或涉涼秋山雨，寒燈夜月，過雁鳴禽，或抒長夜淒清，午間寂寥，閒情逸興。但都無關宏旨。因為所有這些，無不是與畫圖有相當的「同質性」。詩人把這所有的世相圈困於這一百行詩之中，較之畫圖所表達的更為深入，直戳於事物之核心。山水畫之最高境界為神韻，為意境。而其所呈現不過世間千分之一秒。而詩歌不是，文字所抵達的地方是其他藝術品類所不能至的。這是為何在眩目惑心的聲色犬馬的當代藝術中，詩歌仍能存在的理由。因為優秀的作品都有魂，非徒事物之形象，非徒事故之情節，而為一恆久之真相，並為詩人所獨有。這就是「一」。無獨有偶，法國文論家巴迪歐在《文學在思考甚麼》（劉冰菁譯）說過類似的話，

「文學所思考的，既是在語言中被刻上了大寫的『一』的印記的實在，同時也是實在被這樣標記的決定性條件。寫作的思考過程，是在大寫的『一』的有限印記下，語言的自主力量和實在的內在發生的事件之間的共生。」（按：這裡的「一」，應是譯者把英文大寫的I看為1而轉譯或誤譯）文學是思想的一種形式。這段譯文的意思是，文學作品包括詩歌當中的思想，是作者所運用的語言本身與其所表達的思想。換句話說，詩人思想裡的世界才是最重要，其為詩人所創造或發現。世相為眾人共有之資產，惟有真相為詩人所獨有。這25首題畫詩所揭示的真相是，存活多有不如意，卻又處處生機。生命雖則連環相扣，日滑落又浮升，季節嬗變，卻不能作全部的擁有。歸之於一，則悲喜均為度外矣！

　　　　　　　2019.5.12母親節午後4時於將軍澳婕樓。

不驚醒世相
談云影詩歌的結構與意蘊

　　云影獲「2018年詩歌界之圓桌獎」，其授獎辭這樣寫，「小品
式的詩作中蘊含極大的藝術震撼力，思想能於意內與意表間自然遊
走。若斷若續的書寫手法，總有一個強大的內核。」英譯是「Packs
a huge artistic impact in a light verse that allows free movement of ideas in and
out of meaning. A momentarily engaged and detached writing style hides a
powerful core.」這五十餘字簡明扼要地指出云影詩歌的幾個特點：A
小品式，B思想在意內與意表間遊走，C非連貫性的書寫方法，D具
深層的意蘊。這四點，可視為剖析云影詩歌的幾項指標。

　　云影詩歌極短促而極雅致，特別注重語言的修煉。她的詩，很
少過百五十字，而句子多零落。我稱這種詩體為「云影體」。本文
特就上面四點進一步為之解說。

A小品式

　　云影詩歌大體在10行內，超過的極為少數。但行數的規限不為界定詩體的準則。時下詩壇標奇立異，不乏以行數界定詩體的做法。這先不論。但小詩體如大陸的微詩、臺灣的截句等，也確是當前詩壇最為盛行的。小詩抒情，情懷不盡；小詩述事，事有不周；小詩談禪明哲，只能流於標題式的主張。故小詩的藝術追求有異於其他。聰敏的詩人寫小詩，總是走上這兩條路，曰求趣，曰意境。云影小品式的作品，偶有佳趣，而多意在言外。詩人之意境，雖為小樣情懷，卻均為現實生活上所發現的。有關「意境」的解說殊不容易，當中涉及中外文學不同的認知。尼采說是「形而上的慰藉」，康德說是「一種美的東西讓人惆悵」。而我喜歡以「象外之象」「景外之景」八個字作為意境注腳。意境即為所見所感以外所發現的東西。是無形體的又真實的存在。云影體擺脫了短小之弊而成就極深之意。如〈在拉雪茲神父公墓〉，兩節四行只有48個字元。詩的言外之意在末節。詩人在雨聲嘩啦中感到靜謐，守墓人的銅鈴聲才驚醒她。蒲公英在這裡極為細膩，予末處的「起風」點睛，其意境深遠如此。

四野空寂

拉雪茲神父公墓在雨水聚集之處

巨大的靜謐之中，一朵蒲公英忘記飛行

守墓人搖起銅鈴，人間才起風

於巴黎　二零一九年四月十六日

B 思想在意內與意表間遊走

傳統對詩歌的看法，如〈詩大序〉所說的，「詩者，志之所之
也。在心為志，發言為詩。」心有感觸而寄情於詩，即所謂抒發感
情也。這是對詩歌創作最為普遍的說法。讓感情沉澱成為筆下的文
字，所依靠者為一種處理的方式。而這種沉澱最終漂白了感情而呈
現思想的光芒。詩歌的成敗則看詩人如何處理這個沉澱的過程。有
些詩人只把感情寄託於意表，那是力有不逮。有些詩人把感情深埋
於意內，那是以辭害意。最具藝術效果的方法是讓感情遊走於意內
與意表間，漸漸有了思想的光芒。也即是詩人在不斷思索的狀態下
把感情作了處理。那時詩歌才厚，語言才實而當中的感情才耐於咀
嚼。如〈在伊爾河〉。這首詩的意表與意內便十分明顯。感情在入

出於五節詩行中，最後琢磨為閃亮的智慧。其情況是〔意表〕→
〔意裡〕→〔意表〕→〔意裡〕→〔第四節論述〕→〔意裡〕。最
後「沒有人離去」意思是「沒有人來過，一切皆依然」。

> 落日渾圓，聽風的人讀出未竟之意
> 大海在遠處，雁群在草地上寫詩
>
> 流水乾淨
> 愛也在那裡，不確定自己
>
> 我迷戀你———石頭上的黑森林
> 流水中的花紋
> 湍急之中的平靜，秩序和真理
>
> 倘若流逝不假於人
> 淚水，歡愉，悲痛，破損，完整必然也是
>
> 我低頭看水，史特拉斯堡白色教堂低頭看我
> 鐘聲響起，沒有人離去
>
> 於史特拉斯堡　二零一九年四月二十二日

C非線性的書寫方法

　　詩歌的述說方式不同於散文，雖有條理脈絡卻非一針一線的狀況。其當中有斷落的線，也有不完全相粘合的板塊。這便是詩歌的藝術所在，美之誕生。非線性也不表示沒有結構，高明的詩歌結構常在意象統一與衍生之中。而這種結構之與散文不同，是需要讀者來完成。這是詩歌創作與閱讀的危險與歡樂。優秀的詩歌，即便是給予具水平的讀者以危險與歡樂的享受。非線性的書寫更有可能讓述說產出「呈現」的效果。美國意象派詩人龐德Ezra Pound在〈意象主義者的幾個不〉中說：「當莎士比亞說到——黎明裏在一件赤褐色斗篷中——時，他呈現了畫家無法呈現的一些東西，在這行詩中沒有任何可以稱為描繪的東西；他在呈現。」（《意象派詩選》，[英]彼德瓊斯編，裘小龍譯，灕江出版社1986）。云影的詩歌，因其呈現，沒有給予平庸讀者所渴望的線性脈絡，故而或有晦澀難明之弊，但卻在呼喚精明的讀者。如〈藍〉。四節詩間並無明顯的連貫，甚而句行之間也無連貫性，在錯落頓挫中寫千里相送中的一段離情。

雁群。古老的藍。年輕的蘆花低了下去
露出秋天，一棵樹在田野裡把腳步放慢

我們複製了無數個黃昏
安置同一輪月圓

此時，長髮飄起來有更深的寓意
泅游者穿過麥田，雲朵揮別影子

風揚起碎片
命運暗藏的玄機被一陣風預見

於紅磡　二零一八年八月九日

D具深層的意蘊

云影是個感性極強的詩人，並且常把自己囚禁在感性的重重
籠牢之中。以致其詩的意蘊藏於深層。要挖掘於陽光底下，殊非
易事。詩歌為思想的活動。時下喜歡談詩歌的「靈感」muse。我
認為所謂靈感應同時具備兩部分，即，A始於感情的觸發，B終於

思想的引領。大部分詩人的詩歌創作都止於A。但這不足以構成詩歌創作的條件，因為有感而發乃人之常情。而B才算是踏足詩歌創作的領地，則如何藉由興起的觸感利用思想引領，斟酌文字，尋得真相，成就篇章。如此詩歌也才能賦有深層的意蘊。弗洛伊德Sigmund Freud常為人引用的論詩八字是「始於愉悅，終於智慧」。也即與我的「始於感情，終於思想」是相近的。弗洛伊德在這八字後，接著說，「開始是一種愉悅的情緒，偏向於衝動。寫下了第一行後，詩就有了方向」「詩一路走，一路找尋它自己的名字。最終，它會發現有絕妙的東西在等待著它，在某個傷感卻又包含智慧的語句裡。」（詩評媒，Tommy Lee譯）這裡關鍵的是「一路找尋它自己的名字」。這猶如武陵人離開桃花源時所作的標記。云影的詩，若園遊會上小型的迷宮。但總有一個出口。這是她的機智。如〈一節漢語課〉。得注意是「所有的詞匯」與「巨大的課室」，而其出口在「上帝」。

> 我們用不同母語的舌頭，同時咬住一個複音節
> 有人在浪尖上突然收起日語的前顎
>
> 我們說到「九」，我們說到「秋」
> 我們動用了所有的詞匯，論述這一日

恬淡的可能性

虛構的可能性

妖嬈的可能性

詩意的可能性

一個黑頭髮的日本男生，怯怯地

說「上帝在今日，召喚走我的彩雀」

巨大的課室，瞬時間

鐘聲大作——

於壽臣山　二零一七年九月十八日

　　面對世相，每個詩人的應對方法都不同。極大部分的詩人採用一種述說方式把世相逮捕，讓世相赤裸裸地呈現在讀者眼前。但這種與世間對話的方式，具有極大的局限性與不完整性。有時會陷入虛假的騙局而不自知。所以詩歌創作，還是回歸到「語言」上去。我很喜歡法國詩人瓦萊里PAUL VALERY 1871-1945的一句話，「詩，意味著決定改變語言的功能」。不管分行還是分段，凡是一些文本抵達不到語言功能的改變，均為非詩；而具有變改語言功能

的文本，才足夠賜列於詩之殿堂。前者更適用於檢驗口語詩，後者更適用於觀照散文詩。云影的詩歌，在喧鬧善變的世相圍困中，鎮定應對，沉默相視，以其語言纖柔之絲，出入其間不驚醒之。詩與非詩之界線於此昭然判別，故其為優秀之篇章，殆無異議。

2019.8.31 午後六時於將軍澳婕樓。

【附錄】

詩人畫家張國治作品

抵抗世俗：秀實專訪

〔受訪詩人〕秀實
〔訪問者〕蘇曼靈（以下簡稱「蘇」）

（蘇曼靈，香港作家。詩作發表於兩岸三地多份文學刊物。曾出任香港小說學會會長。著有小說集《慾望號街車》等。）

〔時間〕2017年6月30日
〔地點〕尖沙咀東部Namo Avant Thai Restaurant

甲、詩歌創作始於對大師的追隨而終於個人風格的建立

蘇：一代人影響一代人，一個作者影響另一個作者，如此，文化得
　　以從遠古延續至今。請問，您是否受歷代或近代某位或者某些
　　詩人的影響？

秀實：人類文化的承傳，是必然的，所以我們一定受前人的影響。
　　　這就是「傳統」。對我詩歌寫作影響最大的是父親。父親名
　　　梁學輝，號粲花，是當時香港有名的詩人。他畢生都在創作
　　　古體詩。我讀父親的作品長大，潛移默化，受父親影響自然
　　　比較大。從舊體詩到白話詩的改變，是我在台灣大學中文系
　　　讀書的四年期間。台大中文系沒有現代文學的課程，但是校
　　　園裡白話詩創作的風氣很盛行。我一方面吸收了傳統詩歌的
　　　精粹，另一方面也對白話詩極其嚮往。我正式創作白話詩是
　　　從台大開始的。廖咸浩、苦苓、羅智成、沈花末、溫瑞安等
　　　都是和我同期的，現在已成為台灣很有名氣的詩人或者學
　　　者。在這樣的氛圍下，我便開始了新詩的寫作。
　　　那是1972-76年，正是台灣現代詩風起雲湧的時期。我有機
　　　會接觸到很多著名的台灣詩人，包括紀弦、余光中、葉珊、
　　　瘂弦等，我當時最喜歡的是鄭愁予。《鄭愁予自選集》是當
　　　時唯一的新詩類暢銷書。

蘇：一般來說，受XX作家的寫作風格影響，他的作品裡自然會出
　　現對方風格的影子，請問您的作品裡有沒有您所崇拜的詩人的
　　影子？
秀實：有。鄭愁予和余光中影響我早期作品很大，這是寫作上良好

的現象。鄭愁予當時有一首非常出名的詩〈錯誤〉,「噠噠
的馬蹄聲」一直流行到現在,可以說是大半個世紀以來從不
衰竭的一首白話詩歌。這是非常罕見的一個新詩的情況。我
那時寫詩所用的詞彙或是技法都有受鄭愁予的影響。某些地
方甚至刻意模仿他。我覺得自己的路線是正確的。鄭愁予的
〈賦別〉句子散文化,我當時讀了感到震撼,並思考:為什
麼白話詩歌可以用散文的句子將詩意表達出來?這首詩令我
思考詩歌語言的問題。余光中的〈蓮的聯想〉中寫到的「臺
北新公園」(即現在的二二八公園)和「圓通寺」等,我都
因詩而尋幽探勝。

創作是通過思想,學問而進行。如果熟讀某位詩人的詩歌,
筆下自然會有他的影子,無須刻意迴避。但喜歡一個詩人的
作品,不單純是閱讀的,更會對其作品加以研究。文學史特
別強調對大師的「追隨」,就是說從事文學創作,要跟隨大
師的足跡前行,不能無中生有。但我們總有一天要走出大師
的蔭蔽,這即詩人的「自覺」。從大師的足迹裡走出來,因
個人學養及人生經歷,尋找到自己的寫作風格。這是一個過
程。我能受余光中、鄭愁予等大詩人的啟發和影響,這是我
的幸運與榮譽。我始於對大師的模仿,而終於建立了自己詩
歌語言的風格。

乙、當今詩歌最大的社會功能是療傷

蘇：繪畫，如攝影，以瞬間的情感捕捉為創作靈感，請問您詩歌是
否具有這樣的爆炸性情緒？一切文學作品、詩歌、繪畫等等來
自思想和靈魂交融所產生的創作。在于堅的專訪裡，于堅提
到，詩歌是一種「勾魂」，請問您怎樣詮釋詩歌？一首好詩或
者一件可觀性的藝術品，除了美感勾魂外，它對人類社會產生
的效果和造成的影響是否有一定的責任？

秀實：妳這個問題很豐富，我一層一層來作答。妳提到詩歌是否具
有爆炸性的情緒，我部分認同。詩人的創作情緒存在的狀態
可以是「爆炸性」，也可以是「潛伏」「慢熱」的，關鍵是
面對外界的情況所作的反應是怎樣的。爆炸性的情緒不適宜
創作詩歌，文字抵達的地方並不是留住一剎那。文字是經過
深層的思考慢慢沉澱下來的。爆炸性的情緒可以，但是必須
通過理性的處理而化為藝術性的文字，一剎那的情緒爆炸雖
然接近真實，但是通過文字表達的時候，所透露的意思和真
相就產生距離。我們要將爆炸性情緒對文字的傷害減到最
低，而轉換為一種潛在的情緒，讓其吻合和蠕動，這才是詩
歌所需要的。于堅提出「詩歌是一種勾魂」，這是一種說

法。詩歌除了勾魂，還存在不同的藝術果效。詩歌非訴諸官
能的刺激，訴諸靈魂訴諸內在的詩歌才是真正的詩歌。所
以我很欣賞于堅的看法。一方面詩歌對於讀者是勾魂的，
另一方面，詩歌的存在對於社會有一定的責任，這就是傳統
詩歌的「詩教」。詩教就是詩歌對社會最大的道德和倫理責
任。詩教在儒家學說裡已經有很深入的詮釋，並符合人性。
當今詩歌式微，並非每一首詩都有這樣的影響。文學作品與
社會之間產生的效用並不相等。有的作品能夠發揮社會的影
響力，有的作品僅僅是訴諸於少數讀者的認同。有些作品可
以對人類歷史產生影響，有些作品只為人類文明帶來美感。
有關詩歌在社會的作用，有一門課題叫做「詩歌的功能」。
詩歌的社會功能在詩學概論裡有很多的說法。有人認為藝術
不必與社會發生任何關係，就算發生關係也並非藝術家當初
的構想。詩歌與社會發生關係這一點與其他藝術品的情況不
同，其他藝術品會出現「公共性」，例如公共場所的雕塑，
舞臺上的話劇，但是詩歌做不到。臺北有「捷運詩」，就是
把詩歌放在公共空間內給人欣賞。但乘客對這些作品總是視
若無睹的。所以我認為新詩對社會產生的效用不高，不能與
古代同日而語。詩歌在不同的年代有不同的存在方式和不同
的價值，不能等同傳統的情況。在創作的時候我是不考慮社

會責任的，只考慮詩歌寫得好不好，這就是最大的社會責任。一首詩歌若能成為一個社會事件，也並非我最初所想。我的詩歌有些讀者較多。比如在網站「詩生活詩人專欄空洞盒子」裡，我有一首詩叫〈孤單〉，點擊率逾八千次（按：至2020.3.1已有16293次點擊）。雖然我看不到有一種社會效應出現，但是我認為詩歌對於世人是一種「療傷」。詩歌就是在替讀者說話，替讀者宣洩他們的感情。勾魂只是其中一個項目。療傷足以概括城市人對於詩歌的需求的內在因素，也就是詩歌得以延續的一個很大的原因。在人來人往的街道上，每個個體都是一個孤獨無依的存在，現代人身處物質時代，靈魂百孔千瘡，需要適當的心靈治療，而好的詩歌，是一劑良藥，可以治療人的靈魂。詩歌的效用就在於此：他並不是變改社會的風氣或者政府的施政，而是針對我們現代人的精神問題而做出溫柔的撫慰，這就是文字的力量，也是詩歌的治療的力量，我總結四個字：「以詩療傷」就是詩歌存在的最大作用。

丙、好詩必得忠誠，以感官對感官

蘇：讀一首好詩，除了享受它的「美感」外，同時也在讀創作者的

思想。讀者與作品雙方必須是：心對心，思想對思想，靈魂對
靈魂。您認同嗎？

秀實：妳的問題裡提到：心對心，思想對思想，靈魂對靈魂。我再
補充五個字：感官對感官。總結為「赤裸相對」。必須赤
裸，不赤裸便是虛假。肉體因為衣飾而呈現假相。當赤裸
時，在心靈面前便一目了然，惟有一個人尋找到自己思想上
的赤裸，那麼他所寫才是真實的。我的詩觀，其一便是「忠
誠」。忠於自己的本性而赤裸地披露出來。這是好詩的必要
條件。

心對心，思想對思想，靈魂對靈魂，加上感官對感官。因為
心和靈魂是猶豫不定的，而感官對感官是詩歌文本與讀者之
間最實在和最直截的關係。我那首〈孤單〉，必得讓讀者感
覺孤單之痛，這就是感官對感官。我抒寫痛楚，讀者從我的
作品中讀到痛楚，當你有相同的痛楚時，你會想起我的作
品。文字與讀者之間的「感官對感官」的關係，才是真實
的，其他的說法都是一種美麗的錯誤。

蘇：如果一個詩人的道德觀不被社會肯定或者認同，而他的這些思
想又出現在作品中，世人該如何解讀？請您就此問題談談個人
的看法。

秀實：我認為詩人創作時，內心並不存有道德和非道德的想法，他
　　　處於一個忠誠的思想狀態，而這個忠誠的思想狀態演繹在文
　　　字中，世人會認為他道德或不道德。這與詩人沒有直接關
　　　係。所以我不贊成用道德的標準去評價一首詩。而且道德會
　　　隨世風及時代而改變。一件事，今日做是道德明天做是不道
　　　德，上世紀做是道德的，本世紀做是不道德。我會問：什麼
　　　才是究竟？舉例說。地域上。一些回教國家，認為女性暴露
　　　手腳是不道德的，而在西方社會女性暴露手腳是道德的，是
　　　一種人性的行為。時間上。明清時代，妻妾成群，是男性的
　　　榮譽，表示他富裕，有社會地位。現在，任何一個男性如果
　　　有妻子以外的女性伴侶就是有違社會道德觸犯法律的行為。
　　　所以道德這個問題，詩人是不考慮的，只會考慮創作上的真
　　　誠。真誠是一種認知，與個人的經歷、閱讀和思想相關。我
　　　有這樣的思想，經歷和學問，自然孕育出一個思想來。這個
　　　思想存在於一個很複雜的境況中，當我要抽取這個思想出來
　　　成為文字時，我必須保持一個忠誠。我不會因為社會認為
　　　「偷情」不道德我就加以批判，或合理化。這都不是忠誠。
　　　當我面對一段感情是真實的，我就會書寫出來，至於寫成文
　　　字後世人認為我的感情有違道德，或足以頌揚，都與我無
　　　關。道德並非文學作品的價值所在。一個讀者想獲取道德認

同,不要去讀文學作品,應該去尋求宗教信仰。

蘇:關於這一點我有一個疑問。例如,顧城,他的精神狀況有問
　　題。剛剛我們討論過,讀一個詩人的作品等於在讀他的思想,
　　並與他的靈魂產生共鳴。而您剛才提到過,當一個詩人在創作
　　的時候,他會回歸自己的忠誠。請問,像顧城這樣的一個精神
　　異常的詩人,他是否在寫詩的時候是一個正常人反而回歸生活
　　中卻不正常呢?

秀實:妳舉顧城的例子非常好。顧城的創作情況正好解答了藝術與
　　道德之間的問題。顧城殺死妻兒是違法的,毋庸置疑。但他
　　詩歌所呈現的感情狀態和精神狀態,卻是忠誠的。一個人的
　　行為在社會上是不道德,但是在詩歌裡,卻與道德無關。作
　　品歸作品,詩人歸詩人。宋朝潘岳,詩歌呈現出高風亮節的
　　精神面貌,但現實上卻是一個諂媚權貴,攀龍附鳳的官員。
　　這即文學史上「高情千古閒居賦,爭信潘仁拜路塵」的典
　　故。但是我們不會因為潘岳的人品否定他詩歌的價值。同
　　樣,我們也不會因為顧城是一個殺人犯而否定他詩歌的價
　　值。我要說的是:道德不能否定藝術品的價值。這就是讀者
　　應該具備的對藝術品鑒的涵養,也因為這樣的涵養,我們才
　　會解讀到不同作品而不相互排斥。西洋很多文學作品是不道

德的。比如：母子戀。我們不會因為母子戀違反社會道德標準而否定莎士比亞，不會質疑莎士比亞為何要宣揚不道德的思想？正因為詩歌本身有其獨立的藝術價值，而這些藝術價值將會引領人類的精神文明抵達一個更高的層次，超越道德的局限。

丁、詩歌是我最願意棲息的地方

蘇：有人說，詩人的精神狀況都是異於常人的。究竟是藝術令他們瘋狂還是生活令他們瘋狂？或者說，這些藝術家們只有在創作的過程當中，才是一個完整的人？

秀實：我的情況是，我真實的生命只在詩中呈現出來，而非透過社會活動而呈現。很多人看到我人和我的作品截然不同，這種誤解是因為他們未曾細讀我的詩歌。真實的我存在於作品中，生活中我有很多不同的面貌，可以說是一場「虛假的上演」。因為現代人接受社交的假像，並把假像當作真實世相。我的理解是，1、每個人在社交場所的表現都是假的；2、每個人在獨處時相對於社交狀態都較為真實；3、獨處的人若是詩人，他在作品裡比獨處又更真實。

蘇：您說，作品中的您和現實生活中的您是不一樣的，您怎樣去轉
　　變自己這種人格？這算不算人格分裂？

秀實：從專業角度看，是精神分裂。這也就解釋了為何每一個詩人
　　　都是瘋子。我從事詩歌寫作時無需刻意轉變，因為我會在文
　　　字裡找到真實的自己。而在日常生活中，不同的社會環境不
　　　同的人際關係，使我用不同的面孔去應對當下的世相。所
　　　以，現實中的我和文字中的我完全不同。我希望讀者能夠從
　　　這個角度去理解詩人，這樣會更加容易接近他的作品。

蘇：現實中和文字中有兩個「你」的存在，只有在文字中您才會找
　　到真實的自己。那麼，您在現實中有沒有安全感？

秀實：我只有在文字中才找到安全感。文字是我最好的庇護工場，
　　　最好的療養院，最好的居停。詩歌是我最願意棲息的地方。
　　　在社會上，種種虛偽，荒誕，勢利，冷酷，自私……使每個
　　　人都沒有安全感。當一個人認為他在社會上有安全感是因為
　　　他擁有一定的權力與財富，但是這個社會上，九成以上的人
　　　並不擁有財富與權力。所以我認為世間上的人都是沒有安全
　　　感的。他必須依賴信仰，而我的信仰就是詩歌。

戊、創作依賴語言，推翻天賦說。用思想來對抗這個平庸的時代，拒絕謊言寫作

蘇：對於詩歌創作，您認為努力和天賦，學歷和經歷的比例如何？

秀實：我認為天賦就是百分百的努力，客觀上並不存在對天賦的詮釋。中國自古以來，對於文學創作以及詩歌裡面，是有天賦的說法。比如江淹，因為得到仙人授予彩筆，所以他能夠寫出好的作品。但江淹讀書很多，他的天賦是從努力而來的。我覺得詩歌創作90%靠努力，10%靠資質。天賦的形成並非指遺傳，而是指你在思想上到了某一個境界，而這個境界與平庸的人不一樣。而這個高度使得你對世間的看法，對人性的解釋，對未來的預言，都與眾不同，這就是「天賦」。詩歌創作依賴語言，試問語言不通過學習何來天賦？這已經很明顯地推翻天賦說。

寫詩，不必擁有一定的學歷。但得有學問和知識。我常對學生說：「厚積薄發」。閱讀厚至八成，寫作薄至兩成。還有「繪事後素」。要有好的紙張才能夠畫出好畫。一個人的學問修為在詩歌創作上相當重要。因為人的知識與修為直接影響思想的刻度，一個沒有學問的人他的思想不會深刻。一定

要通過大量閱讀經典慢慢形成屬於自己的強大的思想狀態。這才是真正的「學歷」。「經歷」是一個很值得討論的文學創作問題。因為現代人生活在一個相對安穩的環境，尤其是香港。五十年代到現在，我基本上都活在和平的環境底下。未曾經歷過戰爭，瘟疫，流亡，牢獄，飢餓，寒冷⋯⋯作為一個和平時代的詩人，思想比什麼都重要。如果擁有經歷，對於寫作來說，是一個非常寶貴的資產。所以我認為，作家面對不同的時代必須有不同的立身處世的方法。如果你找到一個好的立身處世的方法，對於創作才會有更宏大更開闊的氣魄。我是以思想來對抗這個平庸的時代。

蘇：您寫詩超過四十年了，請問您對自己哪一個時期的作品較為滿意？那段時期您是否有一定的經歷？

秀實：我讀大學時開始寫詩，已超過四十年，未曾中斷。可見對於詩歌的非常執著，如在生活上找到一種附體，一種心靈的皈依。我不慕當世名利。也只有看淡名利才能夠持續對詩歌四十多年的追求。於我來說，寫詩是對生命的述說，是對生命的終身治療。生命的惡疾是不會馬上治癒的，或許是不可能治癒的。

有一種說法是：最好的詩歌尚未寫出來。但我不這樣說。

《秀實詩選》將於本年年底出版（按：已在2019.10由香港
紙藝軒出版社出版），我得以重溫四十多年來的詩作。每一
個時期都有我喜歡的作品，也看到不同時期語言的差異。目
前，我認為最理想的作品就是《婕詩派》的作品。原因是，
第一，語言上，找到了與我思想最吻合的語言狀態，以繁複
的句子書寫繁複的世相。第二，我形成了最核心的思想狀
態。當思想和語言互相配合的時候，就是我們經常說的：詩
歌就是形式加上內容。換一種說法：詩歌就是語言加上思
想。婕詩派的作品正是如此。

再補充一下，簡單的句子只不過是「謊言寫作」。有人會
說，老子和孔子都是簡單的，這同真偽無關。我認為現代人
的所謂「簡單」只是一種虛假。真正的簡單是穿越了繁複的
簡單。當你沒有穿越繁複，你的簡單就是一種假，是一種思
想和寫作上的懶惰。我尋找到屬自己的詩歌語言，而這種繁
複的語言是不容易被抄襲的。

蘇：請問「婕詩派」是何時成立的？是什麼原因促使您成立「婕詩
　　派」？

秀實：「婕詩派」成立於2015年10月，當時我在台南參加「福爾摩
　　　莎詩歌節」。八天的時間內，我對詩歌做了一個很深刻的思

考和反省。我回顧了一直以來走過的道路，終於悟出這個詩派來。這是自詩歌本身的覺悟而誕生出來的一個詩派。並非巧立名目。與此同時，我也是通過感情上的際遇而尋找到這個詩派來。所以「婕詩派」是上天對我詩歌寫作上的眷顧，在天時地利人和的情況下孕育而成。有關婕詩派的主張和作品，預計2018年出版的《婕詩派》詩集（按：已在2018.9由台灣秀威出版社出版）中會有詳細紀述。

己、忠誠地書寫「小我」，即成「大我」

蘇：讀詩，猶如與作者進行思想的交融。您的詩作，以抒發個人情感為主，帶有悲哀與無奈，偏向負面。似乎這個世界，除了您，還是您。都是以「小我」為出發點的作品。您如何解釋？

秀實：妳提到，我的詩歌以個人的感情抒發為主，我認同。大多數的詩歌都是以抒發感情為主的。其區別在形式，具體說就是語言的操作。當中所謂的「切入點」，是思想，指你看這個世界的視點。妳指出我詩歌充滿悲哀和無奈，偏向負面。我也認同。因為我瞭解的生命本質就是悲哀的。人生每一天都在步向死亡，這不容否定。每一天都在靠近死亡時，就不可以視若無睹的說「我不悲哀」。所以我覺得這是本質。但要

說明的是，這種悲哀並非一種負面情緒，而是一種正面的描述，這樣才令生命出現了真正的意義。若我們逃避，便會說：今夜我是快樂的，死亡還很遙遠。生命倒很公平，每個人都會面對死亡，回歸於一無所有。所以這並不是一個負面情緒，而是詩人對於生命本質的瞭解，並作出了忠誠的述說。妳又講到「無奈」，我也認同。詩人，作為一個文字的操控者，深知語言的柔軟和局限，對於世間俗事，對於存歿，必然感到無奈。有些人以為可以改變人類改變世界，這是天真和狂妄的。我一介書生，無法改變世界，無法改變社會。中國古人有詩曰：孤臣無力可回天。就是說一個朝廷命官，擁有權勢，對於社會也是無法改變的。當一個社會走向懸崖的時候，他是無法阻止的，這就是個人的無奈。大事固然無奈，小事也很無奈。比如感情的聚與散，利益的得與失，親人的去與留，都是無奈的。我們習慣尋求霎時歡娛。作為一個詩人，我得直面世界，直戳真相，宣以事實，無關負面或不負面，而是「真相」不能失。

妳說我的詩歌寫小我，這有何問題？我的際遇，我的家人，這些都是小我。但我不書寫，難道讓別人去書寫嗎！別人會說，這些是你個人的事情，與我無關，這是小我的局限。但是，當你忠誠地寫小我的時候，已經成為「大我」了。所以

書寫小我的關鍵在於是否忠誠。忠誠地書寫小我，就寫到人性，寫到慾望，寫到時代，只因個人的人性與欲望是與大眾共通的，所以這個小我的背後其實是有一種人性的大我存在。執著於細節瑣事的表象，未能撥開雲霧，這樣的小我就真是一種局限。作為詩人，一定要加以警惕。

蘇：您是一個有影響力的詩人，詩歌裡重複出現孤單和死亡會帶給心靈脆弱的讀者怎樣的影響？您有沒有擔心他們會受您的詩歌影響而變得消極和悲觀？

秀實：這是詢問我如何看待讀者。我不歡迎平庸的讀者。平庸的讀者應該去讀流行文學，而不是讀我的詩歌。一個詩人，他的語言是軟弱的他的存在也是軟弱的，但是他的思想是強大的，所以我要求那些有強大思想的讀者進入我詩歌的城堡裡面，而非膽小怕事、塗脂抹粉的讀者來叩門。我的詩歌其實在傳遞一個正面的情緒，而這個情緒正是解決他生存所遇到最大的問題──死亡。人的存在其實是對死亡的詮釋。活著就是詮釋死亡，只不過你不是直接詮釋，而是通過你生活的姿態與方式來詮釋死亡。我現在就把這個問題提出來給讀者，你要面對這個問題。當我們面對死亡時，對我們生存的時間、空間，身邊的親人以及所有的朋友及關係，會重新審

視一次，從而更加珍惜更加知道應該怎麼做；而不是通過逃避通過假像來度過一生。西洋文論裡有人視詩歌為一種宗教，所謂宗教就是我剛剛所說的：從詩歌裡找到面對死亡的方法，從而尋到永生。這就是詩歌的宗教。我希望我的讀者從我的詩歌裡找到罪與罰。

庚、我是詩人，詩歌讓人存在的意義回歸於「人」上

蘇：「詩與遠方」是現時詩界的常用語。請您就「遠方」二字做出詮釋。

秀實：這正是我想談的詩歌創作的問題。當下的詩歌價值在個人思想的深層詮釋，進而以成功的詮釋（藝術）來影響外界。而非在詩教。我認同詩歌的精英化而拒絕詩歌的普及化。我寫過一首〈遠方〉，一六年在深圳的「詩歌人間」活動中給譜成樂曲，演唱者是中國好聲音的得獎歌星高珺。在這首詩裡，我為「遠方」一詞作出了詮釋。詩歌讓我們知道，人存在的意義其實應回歸於「人」上。不能溺於金錢和慾望的漩渦裡，掙扎至沒頂。人在尋找可以為自已點燃生命意義的另一個人，或幾個人，那即「遠方」。

而其中有我們至親的人在焉。因為那是與我生命相連的，

「那人長成一束枯枝般／而秋天的落葉／如今都長在我的身
上了」，那是相依為命的「命」。而這個點燃你生命的「真
命」，你可能不得而知，可能突破傳統的倫理，也可能是下
一個。而流浪便即一種尋找遠方的方法。這裡的流浪，非單
純的解釋為一種空間漂泊無定的生活狀況，而是一種在歲月
如流中，對人臉桃花，緣份茫然的感悟。詩人眼下的城市，
只是一個廢墟。所以拒絕城市的枯燥乏味，拒絕城市的添磚
建瓦，拒絕生命的變質，而直戳生命的本質。「空間詩學」
對遠方的詮釋，是學術上的，主要指詩歌並不讓讀者理解，
而是冀求於一種感動，或說是心境。那即所謂的「遠方」。
我這裡說的，是個人在詩歌創作中的體悟，與空間詩學無關。

蘇：您與南來作家比較稔熟，與中國大陸和台灣詩壇的聯繫也頻
　　密。您是土生土長的香港詩人，您如何看待自己的身分？
秀實：活在流動的城市裡，寬廣的心胸是必須的。虛懷若谷是美
　　德，但同時也可能讓自己沉淪。從前我不喜歡別人叫我詩
　　人，現在我是徹底不同。我喜歡稱為詩人，不喜歡香港詩
　　人，或台灣詩人，或中國詩人。與詩壇交往只是一種生活方
　　式，與詩歌創作沒關連。影響我詩歌創作最大的因素，是閱
　　讀，而無關與當下一流或三流詩人的來往。

我和古往今來的所有詩人一樣，沒有身分的迷惑。自己身分的歸屬，留待日後文學史家給我考證。

辛、總結

蘇：據我對秀實的瞭解，他感情細膩，誠摯豁達，是一位與詩相融相生相依的男子。詩歌是他對生命的詮釋。秀實經常會因為對詩歌的過分沉溺，而在世俗中迷失自我。正如秀實所說，現實中的他和文字中的他不同。希望讀者能夠從這個角度去理解一個詩人，這樣會更加容易接近他的作品；同時也希望讀者從詩人的作品中去發現和瞭解那個真實的他，以至這個世界。

秀實：感謝妳的訪問。

秀威經典　　　　　　　　　　　　　　新視野66　　PG2369

望穿秋水
——止微室談詩

作　　　者／秀　實
責任編輯／洪聖翔
圖文排版／周怡辰
封面插圖／張國治
封面設計／蔡瑋筠

出版策劃／秀威經典
發 行 人／宋政坤
法律顧問／毛國樑　律師
印製發行／秀威資訊科技股份有限公司
　　　　　114台北市內湖區瑞光路76巷65號1樓
　　　　　電話：+886-2-2796-3638　傳真：+886-2-2796-1377
　　　　　http://www.showwe.com.tw
劃撥帳號／19563868　戶名：秀威資訊科技股份有限公司
　　　　　讀者服務信箱：service@showwe.com.tw
展售門市／國家書店（松江門市）
　　　　　104台北市中山區松江路209號1樓
　　　　　電話：+886-2-2518-0207　傳真：+886-2-2518-0778
網路訂購／秀威網路書店：https://store.showwe.tw
　　　　　國家網路書店：https://www.govbooks.com.tw

2020年5月　BOD一版
定價：240元
版權所有　翻印必究
本書如有缺頁、破損或裝訂錯誤，請寄回更換

國家圖書館出版品預行編目

望穿秋水：止微室談詩 / 秀實著. -- 一版. --
臺北市：秀威經典, 2020.05
　　面；　公分. -- (新視野 ; 66)
BOD版
ISBN 978-986-98273-6-2(平裝)

1. 新詩　2. 詩評

820.9108　　　　　　　　　109003592

讀者回函卡

感謝您購買本書，為提升服務品質，請填妥以下資料，將讀者回函卡直接寄回或傳真本公司，收到您的寶貴意見後，我們會收藏記錄及檢討，謝謝！如您需要了解本公司最新出版書目、購書優惠或企劃活動，歡迎您上網查詢或下載相關資料：http:// www.showwe.com.tw

您購買的書名：_____

出生日期：_____年_____月_____日

學歷：□高中 (含) 以下　　□大專　　□研究所 (含) 以上

職業：□製造業　□金融業　□資訊業　□軍警　□傳播業　□自由業
　　　□服務業　□公務員　□教職　　□學生　□家管　　□其它_____

購書地點：□網路書店　□實體書店　□書展　□郵購　□贈閱　□其他

您從何得知本書的消息？

　□網路書店　□實體書店　□網路搜尋　□電子報　□書訊　□雜誌

　□傳播媒體　□親友推薦　□網站推薦　□部落格　□其他_____

您對本書的評價：(請填代號　1.非常滿意　2.滿意　3.尚可　4.再改進)

　封面設計____　版面編排____　內容____　文／譯筆____　價格____

讀完書後您覺得：

　□很有收穫　□有收穫　□收穫不多　□沒收穫

對我們的建議：_____

_____

_____

11466
台北市內湖區瑞光路 76 巷 65 號 1 樓

秀威資訊科技股份有限公司 　　　收

BOD 數位出版事業部

....

（請沿線對折寄回，謝謝！）

姓　　名：＿＿＿＿＿＿＿＿＿　年齡：＿＿＿＿　性別：□女　□男

郵遞區號：□□□□□

地　　址：＿＿＿＿＿＿＿＿＿＿＿＿＿＿＿＿＿＿＿＿＿

聯絡電話：(日) ＿＿＿＿＿＿＿＿＿＿ (夜) ＿＿＿＿＿＿＿＿＿

E - m a i l：＿＿＿＿＿＿＿＿＿＿＿＿＿＿＿＿＿＿＿＿＿